Maureen Stewart

Das Ende ist meine Sache

Maureen Stewart

Das Ende ist meine Sache

Aus dem australischen Englisch
von Olaf Schröter

Ravensburger Buchverlag

Als Ravensburger Taschenbuch
Band 58225
erschienen 2005

Die Originalausgabe erschien 1997
unter dem Titel „Shoovy Jed"
bei Mark Macleod Books Random House
Australia
© 1993 Maureen Stewart

Die deutsche Erstausgabe erschien 2000
unter dem Titel „Alles hinter sich lassen?"
als Ravensburger Taschenbuch
© 2000 der deutschen Ausgabe
Ravensburger Buchverlag
Otto Maier GmbH

Umschlagillustration: Elisabeth Hau

Printed in Germany

1 2 3 4   08 07 06 05

ISBN 3-473-58225-5

www.ravensburger.de

Für Ben

- danke, dass du dich
für das Leben
entschieden hast -
von allen, die dich lieben.

Die Gedichte »Ich«,
»Finstere Stimmung« und
»Ich sehe den Tod«
schrieb Ben Roebuck.

Gestern Nacht stand ich vor der Tür.

Ich wollte sie öffnen, sie einschlagen.

Aber ich habe es nicht getan. Ich bin schon immer ein Versager gewesen.

Ich konnte Mum wieder nicht helfen. Dad konnte ich auch nicht helfen. Ich blickte mich um, ob India irgendwo in der Nähe war. Ich hasste es, wenn sie bestimmte Situationen mitbekam. Solche wie diese auf jeden Fall.

Sie war nicht da. War wahrscheinlich in ihrem Zimmer und spielte endlos am Computer. Das ist im Augenblick Indias größte Leidenschaft. Es ist schon fast ihr gesamter Lebensinhalt. Mein Leben – das ist nicht endlos, so viel ist mal sicher.

Das Ende ist meine Sache.

Ich habe Glück. In dieser Beziehung.

Ich habe die Wahl und ich weiß das. India kann sich nur aussuchen, welches Spiel sie als Nächstes spielen will.

Ich wünschte, ich könnte mich nicht an Vergangenes erinnern. Ich erinnere mich an alles, an die guten wie an die schlechten Sachen. Ich wünschte mir, ich könnte das Schlechte auslöschen und mich nur an das Gute erinnern, aber das kann ich nicht. So bin ich nun einmal. Jed Barnes. Jed. Was für ein doofer Name.

Im Augenblick lebe ich. Es geht mir gut. Na ja, ich lebe halt. Im Moment noch.

Unsere Ethiklehrerin hat gemeint, dass es eine prima Sache wäre, wenn man ein persönliches Tagebuch führen würde. Sie sagte, dass es ein gutes Mittel ist, um seine Gedanken zu ordnen und um seinen schriftlichen Ausdruck zu verbessern.

Vielleicht hat sie ja Recht. Wie auch immer, es ist das Einzige, was mir heutzutage noch Spaß macht außer Musik hören. Nirvana und Pearl Jam, das ist meine Musik. India findet, dass sie langweilig und out sind, aber für mich sind sie das nicht. Kurt hat es richtig gemacht, als er alles hinter sich ließ und sein Schicksal selbst in die Hand nahm. Er wird nie out sein, jetzt nicht mehr. Er steht über der Zeit. Durch Selbstmord kann man das erreichen. Wie dieser Athlet in dem Gedicht, das uns die Lehrerin vorgelesen hat, der schon in jungen Jahren gestorben ist. Er wird nie alt werden, genau wie Kurt.

Ich habe das Gefühl, dass ich mich von allen anderen Menschen auf der Welt unterscheide. Zu sehr unterscheide. Ich habe noch nie jemanden getroffen, der so war wie ich. Ich kenne nicht mal jemanden, der Jed heißt. Seit ich mich erinnern kann, habe ich mich anders gefühlt. Irgendwie isoliert, so als ob um mich herum eine Hülle aus Plastik wäre, durch die ich die Welt betrachte.

Ich würde gerne mit jemandem darüber reden. Bloß mit wem? In der Grundschule habe ich einmal einem Freund erzählt, dass ich mich anders fühle, und er hat es den anderen Kindern verraten und die haben mich dann ewig lange »Außerirdischer« genannt. Da sieht man mal wieder, was man davon hat, wenn man sich so genannten Freunden anvertraut.

Vielleicht könnte ich mal mit Jenny, unserer Ethiklehrerin, darüber reden. Sie ist nett und ich schätze, dass ich ihr vertrauen kann. Aber vielleicht auch nicht. Vielleicht würde sie dann mit meiner Mum oder meinem Dad über mich sprechen wollen und die haben sowieso schon genug Sorgen am Hals.

Wenn ich doch bloß endlich aufhören könnte, mir über meine Eltern Gedanken zu machen. Aber sie führen wirklich eine fürchterliche Ehe! Sie ist immer schon schrecklich gewesen, so lange ich zurückdenken kann.

India lebt dagegen einfach ihr Leben. Ihr scheint das alles überhaupt nichts auszumachen, der Glücklichen. Aber sie ist ja erst zwölf. Wartet mal ab, bis sie fünfzehn ist wie ich jetzt. Dann wird auch sie sich Gedanken machen, das ist sicher.

Trotzdem, manchmal sind Mum und Dad auch okay. So wie letztens, als Dad mit einer riesigen Familienpizza nach Hause kam: extradünner Teig und mit Ananas und Schinken drauf, so wie Mum sie mag. Sie war richtig nett zu ihm, hat ihn sogar geküsst. India deckte den Tisch mit einer Kerze. Wir tranken frischen Orangensaft und zum Nachtisch gab es Erdbeeren mit Schlagsahne. Es war cool, ganz einfach cool. Mum nörgelte ausnahmsweise mal nicht an Dad herum, weil er nicht im Haushalt mithilft, und Dad rastete nicht aus und brüllte sie auch nicht an. Diesen Tag werde ich mir in meinem Gedächtnis einprägen.

Für immer.

Ich kann einfach nicht kapieren, warum die beiden überhaupt je ein Paar geworden sind. Oder warum sie zusammenbleiben. Es ist nicht wegen mir und India, das ist sicher. Meistens sind sie viel zu sehr damit beschäftigt, sich zu streiten, um uns überhaupt wahrzunehmen. Nicht, dass es mir nicht egal wäre. Das ist es! Fast alles ist mir egal.

Vielleicht sollte ich mich wirklich mal mit Jenny unterhalten.

Es gibt eine Zeile in einem Lied von Pearl Jam, die von einem Jungen namens *Jeremy* handelt, der im Unterricht etwas sagt.

Ich konnte einfach nicht aufhören sie zu singen, und das machte den wirklichen Jeremy, meinen Banknachbarn, wütend. Er trat mich gegen das Schienbein, dass es wehtat, aber ich sang die Zeile trotzdem immer wieder. Der echte Jeremy labert auch immer irgendetwas im Unterricht, er weiß auf alles eine Antwort und das treibt mich zum Wahnsinn, obwohl er irgendwie mein Freund ist.

Außerdem liebe ich diesen Song von Pearl Jam einfach.

Also habe ich die Zeile leise immer wieder gesungen. Das hat ihn verrückt gemacht. Und dann auch noch die eine Zeile, in der es heißt, dass König Jeremy ein tyrannischer Herrscher ist.

Jeremy redet über die doofsten Sachen. Er erzählt mir im Flüsterton von seiner blöden Freundin, er erzählt mir, welches Video er sich am letzten Wochenende angesehen hat, er erzählt mir Dinge, die ich nicht wissen will, Dinge, die mein Hirn verstopfen.

Deshalb singe ich von diesem *Jeremy* aus dem Lied, der im Unterricht etwas sagt. Manchmal singe ich auch das ganze Lied, wenn der wahre Jeremy vor der Klasse spricht. Jenny merkt das natürlich. Ich kann das an der Art erkennen, wie sie mich ansieht. Aber sie sagt nichts.

Ich sage praktisch nie etwas im Unterricht. Über was soll ich denn auch schon reden?

Ich kann nicht über Mum und Dad reden, nun wirklich nicht. Weder über das Geschrei noch über die Schläge. Ich kann nicht über Nachsal reden. Wer interessiert sich denn schon für meine Katze? Auch über Kurt und David und Chris kann ich nicht reden. Wer will denn schon was von meinen Fischen hören?

Ist ja egal.

Ist ja egal. Bleib weg. Ich befinde mich in einer Ebene. Aber irgendetwas steht im Weg. Vielleicht eine Party? Komm, wie du bist. Ich kann etwas riechen. Teen – das muss ich finden.

Wie auch immer, *Jeremy* hat gesprochen.

Das Beste in meinem wertlosen Leben ist India.

Manche Kids hassen ihre Schwestern.

Das kann ich nicht verstehen, obwohl ich zugeben muss, dass manche von ihnen echt langweilig sind. Aber India, die ist etwas ganz Besonderes.

India denkt sich immer Wörter aus. Sie nennt mich »Shoovy«. Shoovy Jed. Ich habe sie schon vor Jahren gefragt, warum sie das macht, und sie hat gesagt, dass sie mich so nennt, weil ich ein shooviger Typ bin. Ich habe sie gefragt, was shoovy bedeuten soll, und sie sagte, dass shoovy eben shoovy bedeutet.

Das ist typisch India!

Und sie ist ein Elvis-Fan. Ihrer Meinung nach ist Elvis der einzige Sänger, den man sich anhören kann. Und sie meint, dass Nirvana und Pearl Jam out sind! Sie hat alle seine Platten – auf Vinyl! India hasst nicht nur Kassetten, sie verabscheut auch CDs. Aber Computer mag sie! India verblüfft mich immer wieder. Für sie würde ich alles tun.

Es ist einfach großartig, wie sie Mum und Dad ignoriert, wenn die sich streiten. Sie fängt dann an Elvis-Songs zu singen, und tanzt aus dem Zimmer, um sich wieder ihrem

Computer zu widmen. Sie ist Klasse, ganz im Ernst. Einmal, als Dad schrecklich herumtobte und Mum zurückbrüllte, hat sie die beiden doch tatsächlich zum Lachen gebracht, indem sie »You Ain't Nothing but a Hound Dog« zu singen begann, lauter als die beiden schreien konnten.

Ihr Zimmer hängt voller Elvisposter, und sie hat schon hundertachtzehn Dollar siebenundsiebzig für ihre Reise nach Graceland gespart, die sie machen will, wenn sie einundzwanzig ist. India ist der einzige Grund, warum ich immer noch lebe, da bin ich mir ganz sicher. Vor ungefähr einem Jahr hatte ich schon alles geplant. Ich wollte mit allem Schluss machen, aber der Gedanke, dass ich dann India nie wieder reden oder singen hören würde, hielt mich davon ab. Ich weiß auch nicht warum, aber es war einfach so. Gerade als ich alles schon bis ins kleinste Detail geplant hatte. Obwohl ich nicht glaube, dass sie der Typ ist, der nie darüber hinwegkommen würde, wenn ich sterbe. India kommt über alles hinweg. Als mein Lieblingsfisch starb, war ich so traurig, dass ich zwei Tage lang nichts essen konnte. India schaute bloß ein bisschen finster drein und legte Elvis-Platten auf. Wenigstens waren es langsame, sentimentale wie »Are You Lonesome Tonight«. Ich glaube, wenn sie »Jailhouse Rock« aufgelegt hätte, wäre ich wirklich sauer gewesen.

Nein, das wäre ich nicht. Ich kann mich über nichts ärgern, was India macht. Aber ich muss stark sein. Ich muss alles von neuem ganz genau planen. Jetzt noch nicht, aber bald. Anfang April wäre vielleicht der richtige Zeitpunkt. Als Kurt starb, als *er* den Entschluss fasste sich umzubringen.

Doch zurück zu India. Einmal, da hat sie Sekundenkleber auf Dads Stuhl geschmiert. Sie hatte gemerkt, dass er schlechte Laune hat. Mum nörgelte an ihm herum, dass er nicht genug im Haushalt helfe. India hatte gerade so viel Kleber auf seinen Stuhl geschmiert, dass er nicht aufstehen konnte, als er Mum eine knallen wollte. Nun, er hätte es gekonnt, wenn er den Stuhl mitgenommen hätte, aber es änderte irgendwie seine Laune und er ließ die Hose schließlich einfach am Stuhl kleben und ging ins Bett. Eine Weile lang dachte ich, dass er India dafür verprügeln würde, aber er tat es nicht. Sie war auch schlau genug, in dem Augenblick keinen Elvis-Song zu singen.

India macht immer alles richtig. Nicht so wie ich.

Obwohl »Stuck On You« natürlich prima gepasst hätte.

In der Schule hat uns Jenny heute gefragt, wie wir denn so mit unseren Tagebüchern vorankommen. Ich schätze, dass ich mehr geschrieben habe als alle anderen, aber ich habe ihnen nicht gesagt, wie viel genau. Jeremy fing an ihr zu erzählen, was er geschrieben hat – das war mal wieder typisch für ihn –, aber sie ließ ihn nicht ausreden und sagte, dass es beim Tagebuchschreiben ja gerade um etwas Privates ginge.

Da hat sie verdammt Recht. Als ob ich jemanden das hier lesen lassen würde! Vielleicht hinterher, damit sie es verstehen können. Vielleicht aber auch nicht. Ich finde es gut, dass ich die Wahl habe.

Jeremy hat mir heute wieder endlos von seiner Freundin erzählt. Damit hat er mir mein Mittagessen verdorben, aber daraus mache ich mir sowieso nicht viel. Ich stopfe mir immer nur das Essen hinein, bis ich keinen Hunger mehr habe, und beobachte die ganzen Idioten dabei, wie sie herumhängen. Eines der Dinge, die ich auf dieser doofen Welt am meisten hasse – und davon gibt es hunderte –, sind Baseballmützen: Ich hasse sie ganz einfach. Und das ist einer der Vorzüge von Jeremy. Er hasst sie auch. So richtig hassen wir die bescheuerten Kids, die sie falsch rum aufsetzen: Das sind die Schlimmsten. Dumm. Wie die Schafe. Machen einfach den anderen alles nach.

Am besten ist es, sein eigenes Ding durchzuziehen.

So wie India. Auch India hasst Baseballmützen. Sie trägt einen niedlichen kleinen Strohhut, in dessen Band sie eine echte Blume steckt – jeden Tag eine frische. Im Winter trägt sie eine Wollmütze, und wenn es regnet, hat sie eine Duschhaube auf. India ist *kein* Schaf!

Sie sagt, dass sie ihre Kinder, falls sie je welche bekommt, alle nach Ländern nennen wird. Ich kann mir nicht vorstellen, wie ein Kind »Portugal« oder »Schottland« heißen soll, aber India meint, dass das für sie kein Problem wäre.

Eine andere Sache, mit der India gut klarkommt, ist Gewalt. Egal welcher Art. Also, ich kann das nicht ertragen, nicht einmal im Fernsehen. Ich schalte dann einfach ab. Das weiß allerdings niemand außer India. Sie sieht es, wenn ich meine Augen zumache. Sie erzählt mir dann, dass die Leute in den Filmen nur so tun und dass das nicht wirklich passiert, und natürlich weiß ich das auch selbst, ganz tief in mir drin, aber ich hasse es trotzdem. Das ist noch ein weiterer Grund, warum ich nicht so bin wie die anderen Jugendlichen: Ich habe mich noch nie geprügelt, kein einziges Mal. Und die paar Male, wo sich andere Kids mit mir anlegen wollten, habe ich sie einfach ignoriert und sie stehen lassen. Es ist ganz praktisch, dass ich für mein Alter sehr groß bin und das immer schon war – deshalb legen sich die anderen Jungs nicht unbedingt mit mir an.

Letztes Jahr hat sich ein Junge, der eine Querstraße weiter wohnt, mit India geprügelt und sie hat gewonnen. Er war zwei Jahre älter als sie und auch größer, aber India kennt jede Menge fieser Tricks und am Ende tat ihm alles weh.

Ich glaube, bei dem Kampf ging es um etwas, das er über mich gesagt hatte, aber ich habe nicht so genau nachgefragt.

Ich weiß, dass ich anders als die anderen bin. Und ich habe auch India erzählt, dass ich das glaube. Aber sie sagte nur: »Nein, du bist shoovy, Shoovy Jed. Du bist nicht anders, sondern nur shoovy.«

So ist meine India.

Ich weiß nicht, von wem sie das hat. Mum und Dad taugen nicht viel, wenn ich es mir recht überlege. Die beschäftigen sich nur mit ihren eigenen Problemen. Das ist ein ständiges Theater! Die waren noch nie bei einem Elternabend, kein einziges Mal. Na ja, sie schicken uns auf eine coole Schule, wo wir keine Uniform tragen müssen, und sie geben uns reichlich Taschengeld und sie …

Aber sie haben dafür auch nie Zeit, um sich mal mit uns zu unterhalten. Nie. Das ist mir jetzt aber auch egal, es ist sowieso zu spät. Für sie und für mich.

Wir kennen noch nicht einmal unsere Verwandten. Nur manchmal kommt ein Onkel vorbei, der bei seinen Besuchen immer versucht, Mum und Dad miteinander zu versöhnen. India und ich sind ihm völlig gleichgültig. Aber das ist schon okay so. Ich bin fünfzehn und komme alleine klar, denn ich kann mich entscheiden. India wird immer klarkommen.

Natürlich.

Ein großer Unterschied zwischen India und mir ist (ich habe viel darüber nachgedacht), dass India irgendwie durch das Leben schwebt, sie die Welt aber doch auf ihre extreme Art wahrnimmt. Sie redet über die Stammeskriege in Afrika, über das Verschwinden der Regenwälder, über solche Sachen. Sie scheint sich darüber keine allzu großen Sorgen zu machen, aber sie ist sich der Probleme bewusst und schreibt gerne Schulreferate darüber.

Ich dagegen, ich interessiere mich nur für Dinge, die mich, Jed Barnes, Mum und Dad, India, Jeremy und ein paar andere Jungs, Jenny und Karl, unseren Mathelehrer, betreffen. Karl mag ich gerne. Nicht so sehr wie Jenny, aber immerhin. Er ist Klasse und macht immer Witze. Er scheint mich auch zu mögen, obwohl ich mir gar nicht vorstellen kann warum. Da gibt es nicht viel zu mögen.

Einmal hat er mich gefragt, was ich machen will, wenn ich mit der Schule fertig bin. Ich sagte ihm, dass ich das nicht wüsste. Ich weiß nur, dass ich vorhabe, nicht mehr da zu sein, wenn diese Entscheidung ansteht, aber das habe ich ihm natürlich nicht erzählt.

Das hätte ihm sonst vielleicht den Tag versaut.

Heute Abend war es absolut *nicht* toll. Mum war müde von der Arbeit und fing an, sich bei mir darüber zu beschweren, dass Dad nichts im Haushalt mache – ihre übliche Klage – und dass nicht so viel Arbeit an ihr hängen bleiben sollte. Ich war gerade dabei, Kartoffeln zu schälen, und sagte ihr, dass India und ich eine Menge machen und dass Dad nun einmal Dad sei und sich nie ändern würde und dass es keinen Sinn hätte, die ganze Zeit auf ihm herumzuhacken, denn das würde nur zu Streit führen. Sie sagte, dass er damit nicht durchkommen darf und dass sie schließlich auch arbeitet und zwar härter.

Ich wusste, dass es Ärger geben würde, als Dad nach Hause kam, sagte, wie müde er sei, und sich vor den Fernseher plumpsen ließ.

Ich habe keine Lust, alles aufzuschreiben was passiert ist,

aber sie hatten einen Riesenkrach und ich verzog mich für eine Weile in mein Zimmer. Als es wieder leiser wurde, ging ich zu India rüber. Sie war gerade damit beschäftigt auf ihrem Computer Autos zu Schrott zu fahren. In ihrem Zimmer bekam man gar nicht viel von dem mit, was zwischen Mum und Dad ablief, weil die Autos so laut krachten. Sie fragte mich, ob das Abendessen fertig sei, und ich sagte, dass ich das bezweifeln würde, deshalb zerschrottete sie weiter Autos, bis das Spiel zu Ende war.

Dann gingen wir in die Küche und Dad fragte India, was sie wolle, und sie fing an, »I Just Wanna Be Your Teddy Bear« zu singen. Außer India fand das allerdings niemand lustig. Dad nannte sie einen Klugscheißer und sie sagte, dass er in die Hölle kommen würde, weil er fluchte, und er sagte, dass sie in ihr Zimmer gehen und dort bleiben solle. Mum begann wieder ihn anzubrüllen, was er für ein mieser Ehemann und ein noch viel schlechterer Vater wäre, deshalb ging ich mit India in ihr Zimmer. Ich schnappte mir noch schnell ein paar Bananen, falls sie Hunger hatte.

Sie hatte Hunger.

Ich zitterte am ganzen Körper. Ich weiß nicht warum, ich habe schon schlimmere Nächte erlebt. Finstere, an denen meine düstere Stimmung einfach übermächtig wurde.

India sah mich komisch an. »Shoovy Jed«, sagte sie, »du nimmst das Leben zu schwer. Sie streiten sich, na und? Manche afrikanischen Stämme hassen sich gegenseitig und bringen einander um, na und? Niemand ist vollkommen.«

India. Gerade mal zwölf. Und dann erzählt sie schon solche Sachen.

Und jetzt werde ich mal versuchen zu schlafen. Es gibt noch mehr, worüber ich schreiben könnte, aber das ist ja egal. Wartet nur ab, bis sie dreizehn ist.

Dann könnt ihr aber einen Teenager erleben!

Ich mache mir eigentlich keine Gedanken über Mum und Dad. Nein, das ist gelogen. Jed Barnes, der Lügner, hat wieder zugeschlagen.

Ich meine, ich weiß, dass sie mich lieben. Das müssen sie. Sie sind nur so völlig mit sich selbst beschäftigt. Da bleibt kein Platz mehr für andere Menschen wie India und mich. Aber darüber mache ich mir eigentlich keine Gedanken.

Sie arbeiten hart und sie tun ihr Bestes für uns, glaube ich. India sagt mir immer, dass sie ihr Bestes tun. Ich wünschte mir allerdings, ihr Bestes wäre besser. Ich weiß auch nicht, was ich damit sagen will. Ich werde jetzt schlafen.

Jenny hat uns heute erzählt, dass wir in unseren Tagebüchern über unsere Haustiere schreiben sollen, falls wir welche haben.

Deshalb bin ich für meine Verhältnisse jetzt wirklich aufgeregt, weil ich jetzt die Gelegenheit habe, das hier zu schreiben! Wenn meine Tiere (und India) nicht gewesen wären, wäre ich jetzt schon unter der Erde.

Zuerst die Fische.

Kurt und David und Chris. Das sind gute Namen für Fische. Der eine, der gestorben ist, hieß Polly.

Meine Fische beruhigen mich. Es macht mir Spaß, ihr Aquarium sauber zu halten, die Scheiben zu reinigen und das Wasser zu wechseln. Sie erwarten nichts von mir – außer Fischfutter, schätze ich.

Und dann hatte ich noch Sal.

Sal war die beste Katze, die es je gab. Die, die ich jetzt habe, nenne ich Nachsal, weil Sal gestorben ist und ich irgendwie nie über die Art ihres Todes hinwegkommen werde. Es war meine Schuld. Mum und Dad hatten einen Riesenkrach. Ich konnte es einfach nicht mehr ertragen, deshalb rannte ich zur Hintertür hinaus und schnappte mir Sal – ich weiß immer noch nicht warum. Sal entwischte mir und rannte kurz danach auf die Straße. Sie wurde überfahren.

Sal hat mir immer die Köpfe von Mäusen und Vögeln auf den Schreibtisch gelegt. Das war merkwürdig. Wollte sie, dass ich stolz auf sie bin, weil sie etwas getötet hatte? Ich bin mir nie ganz darüber klar geworden.

Und wenn das Telefon klingelte, hat sie immer den Hörer von der Gabel geschubst, wenn man es nicht schaffte, vor ihr am Apparat zu sein. Wahrscheinlich hasste sie das Klingeln.

Sie war wie India.

Sie war anders als alle Katzen, aber auf eine interessante

Art. Nicht so, wie ich anders bin. Ich bin auf eine verrückte Art anders.

Als Sal starb, war das allen außer mir gleichgültig.

Mir machte es etwas aus. Zu viele Dinge machen mir etwas aus, meint India.

Nachsal ist okay, aber sie ist absolut versessen darauf meine Fische umzubringen, während Sal sie einfach ignoriert hat. Ich muss die ganze Zeit aufpassen, dass sie nichts Böses anstellt.

Das würde sie gerne. Nachsal hat eine kriminelle Ader, das merke ich.

Das reicht jetzt aber von meinen Haustieren.

Ich werde mit Jenny reden müssen. Die düstere Stimmung überkommt mich schon wieder.

Freund oder Feind.
Ich bin mir immer noch nicht sicher,
Was ihr seid.
So ist das nun einmal.
Düstere Stimmungen,
Ihr bereitet mir solchen Schmerz.
Ihr sucht mich seit Jahren heim,
Wieder und immer wieder.
Ihr peinigt mich mit dem Tod.

Ihr macht mir keine Angst, wisst ihr.
Selbst wenn ihr meine Atemzüge zählt.
Ihr nehmt meine zerbrechliche Seele
Und zerschlagt sie mit eurer Faust.
Werde ich das Puzzle
Wieder zusammensetzen können?
Ihr lockt mich wie die Zunge eines Messers,
Dass ich die Klinge
Von meinem Herzen kosten lasse.
Ich habe schon oft gegen euch gekämpft
Und jedes Mal gewonnen.
Aber euch ist das immer egal.
Ihr wisst, dass eure Zeit kommen wird.
Ihr lasst euch Zeit, wenn ihr kommt.
Ihr haltet mich von meinen Freunden fern.
Ihr macht mich empfänglich
**   für diesen Wahnsinn.**
Ich will, dass dieser Irrsinn endet.

Warum kommen sie? Ich habe sie nicht gerufen. Aber plötzlich ist alles nur noch schwarz. Es liegt nicht nur an Mum und Dad, überhaupt nicht. Das ist nur ein Teil davon.

Ich bin einfach nicht normal, das ist alles. Andere Jugendliche scheinen immer so normal, so ausgeglichen zu sein. Die lachen über die blödesten Sachen. Ich wünschte, ich könnte das auch.

Warum sorge ich mich immer um alles? Wurde ich geboren, um mir Sorgen zu machen? Woran liegt es, dass India so unbesorgt ist?

Ich will mir nicht immer Sorgen machen, ich will lachen wie die anderen. Ich muss mit Jenny reden.

So viel dazu.

Was bin ich doch für eine kompletter Versager! Ich habe Jenny gefragt, ob ich nach dem Unterricht mit ihr reden könne und sie sagte, dass sie mich in einem der Arbeitszimmer in der Bibliothek treffen würde. Als sie dann kam, habe ich ihr erzählt, dass ich mit ihr über das Ethik-Projekt »Geschwisterrivalität« reden wolle!

Der reinste Witz! Ich empfinde keine Geschwisterrivalität, oder wenn ich es doch tue, dann nur, weil ich gerne wie India wäre.

Aber ich tat so, als wäre das ein Problem für mich. Ich musste ja schließlich einen Grund vorweisen, mich mit ihr treffen zu wollen. Ich bin ein kompletter Idiot. Ich konnte ihr einfach nicht sagen, warum ich wirklich mit ihr reden wollte.

Wie soll man denn jemandem erzählen, dass man Depressionen bekommt und düstere Stimmungen wie Regen auf einen herabprasseln und man nicht weiß warum? Wie kann man einem normalen Menschen wie Jenny erklären, dass man vorhat, mit allem Schluss zu machen?

Wie?

Also erzählte ich einfach ein paar Lügen, dass India das

Lieblingskind wäre. (Das ist sie nicht. Mum und Dad nehmen uns nicht einmal wahr, also ziehen sie auch keinen von uns dem anderen vor.) Und wie sehr ich mich darüber ärgern würde. (Wie soll ich mich über etwas ärgern, was nicht stimmt?)

Jenny sagte, dass ich einfach in meinem Tagebuch darüber schreiben solle (was ich ja gerade tue) und für das Projekt nur die Gründe für Geschwisterrivalität aufschreiben und mit anderen Jugendlichen, die das Gleiche empfinden, ein Interview führen und über ihre Gefühle sprechen, oder aber einen Fragebogen zu dem Thema erstellen solle.

Ich kam mir wie ein Schwindler vor, was ich ja auch bin. Vielleicht sollte ich Schauspieler werden, falls ich mich entscheide weiterzuleben. Heute war ich auf jeden Fall ziemlich gut. Ich konnte sehen, wie zufrieden Jenny war, dass sie mir bei meinem angeblichen Problem helfen konnte.

Jeremy sah uns, während wir uns unterhielten. Ich konnte ihn durch die Glaswand sehen, und er küsste die Luft um mich zu verarschen. Was für ein Freund. Er warf mir noch eine Kusshand zu und verschwand, als seine Freundin auftauchte. Er ist ein Idiot. Und das wird er auch immer bleiben.

Das Treffen mit Jenny hat mir also überhaupt nichts gebracht, sondern höchstens noch deutlicher gemacht, was für ein völliger Versager ich bin.

Und das Essen heute Abend war mal wieder eines von der fürchterlichen Sorte. India muss wirklich mal aufhören zu singen, wenn Mum und Dad sich zu streiten beginnen. Manchmal funktioniert es, und sie fangen an, über sie zu lachen und dabei ihren Streit zu vergessen. Aber in letzter Zeit geht es immer öfter nach hinten los.

Mum ließ gerade ihr übliches Zeug ab, dass Dad faul sei und nichts tauge, und sie sagte, sie habe geträumt, dass Dad nicht nur das Abendessen für uns gekocht, sondern auch eingekauft habe. Mum sagte, dass das ein toller Traum war, und India sprang von ihrem Stuhl auf, begann zu tanzen und Luftgitarre zu spielen und auf ihre Elvis-Art »You Gotta Follow That Dream« zu singen. Dad schmiss mit einem Brötchen nach ihr, Mum schrie und der Rest ist es nicht wert, ihn zu wiederholen.

Alles in allem nicht gerade ein guter Tag oder Abend in unserem Rasthaus. Oder sollte ich besser Tollhaus schreiben? Hat man in früheren Zeiten die Klapsmühle nicht Tollhaus genannt?

Düstere Stimmung, düstere Stimmung, du bist immer noch da. Und es war auch keine große Hilfe, als India in mein Zimmer kam und mir sagte, dass ich beim Abendessen mehr reden sollte, und danach gleich hinzufügte, dass es in Simbabwe wegen AIDS 600.000 Waisenkinder gäbe und ich froh sein sollte, dass ich keine Waise bin, selbst wenn Mum und Dad ein bisschen verrückt sind!

Beinahe wäre ich wütend auf India geworden, was einer Premiere gleichgekommen wäre. Aber es geschah nicht.

Was für ein Tag. Was für eine Nacht. Aber was ist daran neu? Jed Barnes versagt mal wieder. Er schafft es nicht, Jenny zu sagen, was mit ihm nicht stimmt. *Weiß* nicht einmal, was mit ihm nicht stimmt. Schafft es wieder einmal nicht, etwas zu Mums Verteidigung zu sagen – oder zu

Dads? Ich habe keine Ahnung, wer hier Recht hat und wer nicht, es gibt zu viele Dinge, über die ich besorgt bin.

Warum zum Teufel muss ich mir bloß immer Sorgen machen?

Es ist Ewigkeiten her, seit ich das letzte Mal Tagebuch geschrieben habe. Na ja, Tage auf jeden Fall. Die Tage verschmelzen im Augenblick ein bisschen.

Das Mädchen, dass ich kennen gelernt habe, heißt Skye. Sie findet ihren Namen blöd, aber er ist viel besser als Jed. Ich bin ihr am Fluss begegnet. Das zweite Mal, als ich die Schule geschwänzt habe. Sie saß einfach da und rauchte.

Ich finde rauchen doof. Es bringt einen um. Nach einer Weile sagte ich ihr das.

Sie zündete sich nur eine Neue an.

Sie schwänzt auch die Schule. Häufiger als ich. Sie sagt, dass sie es macht, weil ihr langweilig ist. Mir ist nie langweilig. Es gibt zu viel, worüber ich nachdenken und was ich planen muss, vermute ich.

Ich schenkte ihr einen Apfel.

Sie fragte mich, warum ich schwänze, und ich erzählte ihr von Jeremy, meinem ehemaligen Freund. Sie sagte, dass Freunde reine Zeitverschwendung seien: Am Ende lassen sie einen doch immer im Stich. Ich stimmte ihr zu.

Obwohl ich nicht gerade viele hatte.

27

Skye ist vierzehn.

Niemand fragte mich nach einer Entschuldigung. Ich wusste doch, dass es niemandem auffallen würde, wenn ich nicht zur Schule käme. Das zeigt mal wieder, wie wichtig ich bin.

Vielleicht werde ich Skye erzählen, dass ich Gedichte schreibe. Oder auch nicht. Das kann ich mir noch überlegen.

Ich mag es, wenn ich selbst bestimmen kann.

Ich mag Skye auch irgendwie, aber ich werde ihr nicht allzu viel erzählen.

Heute habe ich mich wieder mit Skye getroffen. Ich schätze, es hatte fast ein bisschen was von einem Rendezvous, aber nicht wirklich. Aber weil heute Samstag ist und sie eingewilligt hat, mich am Wochenende am Fluss zu treffen, muss ihr entweder sehr langweilig sein oder sie mag mich tatsächlich ein klein wenig.

Wir haben allerdings nicht viel geredet.

Die meiste Zeit saßen wir nur da und haben den Enten zugesehen. Sie fragte mich, wie es Jeremy geht, und ich war völlig erstaunt, dass mir jemand außer India wirklich zuhörte und sich tatsächlich noch an das erinnerte, wovon ich gesprochen hatte!

Ich sagte ihr, dass ich das nicht wüsste, weil ich nicht mit ihm geredet hatte. Skye fand das gut so, weil er anscheinend so ein Idiot sei.

Sie ist ein merkwürdiger Mensch. Das soll nicht heißen, dass ich schon viel mit anderen Menschen zu tun gehabt hätte, aber ich kann spüren, dass sie sich von den anderen unterscheidet – auf andere Weise als ich. Ich bin nur ein nutzloser Versager. Skye will einfach nur dasitzen und rauchen und mir ab und zu mal eine Frage stellen. Merkwürdig. Ich habe ihr ein bisschen von India und ihrem Elvis-Zeug erzählt und wie sie mich zum Lachen bringt. Von Mum und Dad habe ich ihr nichts erzählt. Ich habe ihr auch nichts von meinen Gedichten verraten.

Ich habe ihr nicht davon berichtet, wie ich versagt habe, als ich mich mit Jenny getroffen habe. Ich will, dass mich Skye gern hat, aber ich weiß auch, dass an mir nicht viel ist, das man mögen kann.

Nun, das ist alles, was ich im Moment schreiben kann. Skye hat gesagt, dass sie am nächsten Dienstag wieder am Fluss sei. Ich aber werde nicht da sein. Ich muss zur Schule gehen, sonst fällt mein Fehlen vielleicht doch noch auf. Vielleicht.

Mein Fehlen ist bemerkt worden.
Aber ich gab dem Lehrer einfach eine selbst geschriebene Entschuldigung. Er zuckte mit den Schultern und sagte, er hoffe, dass es mir jetzt wieder besser geht.

Besser als was, wollte ich ihn fragen. Aber so wie ich nun einmal bin, tat ich es nicht.

Wenn sich Jenny nicht bei uns erkundigt hätte, wie wir mit unseren Tagebüchern vorankommen, hätte ich heute Abend wahrscheinlich zu schreiben vergessen. Stattdessen mache ich Gedichte in meinem Kopf.

Aber ich werde sie hier noch nicht niederschreiben. Vielleicht muss ich noch ein paar Stellen ändern.

Das Leben geht weiter.

Ich habe bei ein paar Idioten zugehört, die sich über eine Party unterhielten, auf der sie waren, und sie haben nicht einmal gemerkt, dass ich mitgehört habe. Ich habe nicht alles so genau verstehen können, aber anscheinend gehen sie nach Partys immer auf irgendeine Brücke, um zu sehen, ob sich einer hinunterzuspringen traut.

Das ist so blöde.

Diese Sache muss man genau planen.

Es hat überhaupt keinen Sinn, wenn man sich besäuft (sie haben erzählt, dass sie das getan haben) und eine Dummheit macht.

30 Wenn ich von einer Brücke springen wollte, würde ich es vorher genau planen. Ich würde es niemals machen, wenn ich betrunken bin, oder als Mutprobe. Ich trinke sowieso

nicht. Ich möchte gerne die Kontrolle über meinen Verstand behalten. Und über meinen Körper.

Und das tue ich.

Ich werde nie auf Partys eingeladen.

India schon.

Gestern Abend habe ich etwas absolut Dämliches getan. Ich weiß nicht einmal genau warum.

Ich schätze, ich war einfach deprimiert. India übernachtete bei einer Freundin und Mum und Dad stritten sich mal wieder über irgendetwas. Ich glaube über das Fernsehprogramm. Ich versuchte nicht hinzuhören.

Ich holte mir eine Rasierklinge aus dem Badezimmer, nahm sie mit in mein Zimmer und schnitt mir damit in den Arm. So, jetzt habe ich es hingeschrieben. Was für eine blöde Aktion. Ich schnitt mir vier Mal in den Arm. Es blutete wie verrückt. Deshalb band ich mir meinen Kopfkissenbezug herum.

Später musste ich den Bezug dann auswaschen, aber ich habe die Blutflecken nicht rausgekriegt, deshalb warf ich ihn in den Müll und holte mir einen frischen. Mum wird nicht einmal merken, dass er nicht mehr da ist. Ich habe mir Pflaster auf den Arm geklebt und mir ein langärmeliges

Hemd angezogen, obwohl Sommer ist. Ich kann gar nicht glauben, dass ich das getan habe.

Es hat auch wehgetan.

Ich möchte gerne jemandem davon zählen. Jenny? Nein, ich würde wieder kein Wort rausbringen. India? Auf keinen Fall. Ich will nicht, dass sie weiß, wie verrückt ich bin. Jeremy? Vergiss es. Skye?

Niemals.

Es gibt niemanden.

Dad hat den blutigen Kopfkissenbezug gefunden!

Er hat den Müll rausgebracht, weil ich es vergessen hatte. Es ist das Einzige, was Dad im Haushalt macht, ohne dass Mum nörgeln muss. Was für eine Scheiße.

Er fing an, sich deswegen mit Mum zu streiten. Typisch. Der Gedanke, dass es mein Blut sein konnte, kam ihm nicht einmal in den Sinn.

Also sagte ich es ihm. Ich log und erzählte, dass ich gestürzt bin, als ich versucht habe, über den Gartenzaun zu springen (ich bin in meinem ganzen Leben noch nie über einen Zaun gesprungen – wofür gibt es denn schließlich Gartentore?).

Ich sagte, dass ich auf den Pfählen gelandet bin und mich am Arm verletzt habe. Weil ich niemanden beunruhigen wollte, hätte ich dann den Kopfkissenbezug genommen.

Dad und Mum starrten mich einfach nur an. Sie fragten mich (gemeinsam), warum ich denn keinen Verband genommen und es ihnen nicht erzählt hätte und warum ich so blöde gewesen sei, einen Bezug dafür zu nehmen. Ich wollte sie anbrüllen, dass die Frage ja wohl viel eher lauten müsste, warum ich so blöde gewesen sei, mich selbst in den Arm zu schneiden – aber davon wussten sie ja natürlich gar nichts. Es war alles nur ein Riesenärger. Auch bin ich so viel Aufmerksamkeit von niemandem – außer von India – gewohnt.

Deshalb kam ich mit der ganzen Sache nicht gerade gut klar.

Als Mum mir die Pflaster abriss und die Schnitte sah, runzelte sie die Stirn und starrte mich wieder an. Sie murmelte irgendetwas von Holzzäunen vor sich hin, aber ich versuchte es zu überhören.

Natürlich hörte ich doch hin.

Sie sagte, dass es ganz unmöglich sei, sich so dünne Schnitte an einem Holzzaun zu holen. Und dass man sich da nur blaue Flecken oder vielleicht eine große Schnittwunde holen könnte. Und dieses eine Mal war Dad einer Meinung mit ihr.

Mum holte irgendeine antiseptische Salbe und rieb mir damit den Arm ein. Ich fühlte mich komisch dabei. Ich kann mich gar nicht daran erinnern, dass mich Mum oder sonst *irgendjemand* berührt hat. Nie. Irgendwann einmal muss sie es ja getan haben. Sie muss mich früher hochgenommen und mir die Windeln gewechselt haben oder so etwas. Babys können das ja noch nicht alleine.

Aber ich habe keinerlei Erinnerung daran.

Seltsam, und das bei meinem ausgezeichneten Gedächtnis.

Aber ich schätze, ich war damals noch zu jung, um mich daran erinnern zu können.

Vielleicht werde ich doch noch mal versuchen, mit Jenny zu reden.

Heute bin ich nach der Schule zum Fluss gegangen, aber Skye war nicht da. Da habe ich den Enten zugesehen.

Das sind so ruhige Tiere. Ich schaue ihnen gerne zu. Das entspannt mich so, wie wenn ich meine Fische beobachte. Kurt ist der friedlichste: Er schwimmt immer im gleichen Tempo. David und Chris schwimmen mit merkwürdigen Zuckungen. Ich weiß gar nicht, warum ich das überhaupt aufgeschrieben habe.

Mum hat Dad gesagt, dass er heute Abend verschwinden soll. Mal wieder. Er sagt, dass er das nicht tun wird, warum sollte er? Mir wäre es völlig egal, wenn einer von ihnen abhauen würde. Es wäre sogar besser. Dann gäbe es keinen Streit mehr. Die Streiterei macht mich fertig.

Aber als Dad zu Mum sagte, dass sie aufhören solle, die ganze Zeit wie ein Hund hinter ihm her zu sein, und India natürlich eine schöne Interpretation von »You Ain't Nothin' But a Hound Dog« zum Besten gab, brachte mich das zum Grinsen. Diesmal musste auch Dad lachen. Man weiß das

bei ihm vorher nie so genau. Manchmal wird er rasend vor
Wut, wenn India ihre Elvis-Nummer abzieht, und manchmal lacht er darüber. Wenn ich ehrlich bin, glaube ich, dass
er verrückt ist.

Aber ich ja auch. Vielleicht habe ich es ja von ihm.

Ich habe schon wieder vergessen, warum Mum wollte, dass
Dad abhaut.

Ich rede immer noch nicht wieder mit Jeremy. Ich hasse ihn
irgendwie. Es ist ein ganz neues Gefühl, jemand anderen
außer mich selbst zu hassen. Es gefällt mir sogar ganz gut,
weil ich dann nicht an andere Sachen denken muss.

An den Plan.

Ich habe mit Jenny gesprochen.

Ich kann gar nicht glauben, dass ich
es getan habe. Ich habe ihr allerdings
nichts von meinem Plan erzählt. Ich
habe ihr nur ein bisschen was über Mum und Dad erzählt.
Der Grund, warum ich das getan habe, lässt sich nur sehr
schwer in Worte fassen.

Gestern Abend habe ich diese Sache mit der Rasierklinge
wieder gemacht. Ich weiß nicht warum. Diesmal an meinen
Handgelenken. Nicht allzu tief. Aber es blutete und ich
habe sie verbunden. Jenny hat die Verbände gesehen. Die
Ärmel meines Hemdes haben sie nicht völlig verdeckt oder
sie sind hoch gerutscht oder so. Sie hat mich gebeten, nach

dem Unterricht noch dazubleiben, und der stinkende Jeremy hat hämisch gelacht, wofür ich ihn kräftig getreten habe.

Das war das Beste am ganzen Tag.

Er hat aufgeschrien. Was für ein klasse Geräusch!

Ich habe Jenny erzählt, dass ich mir die Handgelenke beim Gläserspülen aufgeschnitten habe. Sie hat mir kein einziges Wort davon geglaubt.

Sie blickte mir tief in die Augen und ehe ich michs versah, erzählte ich ihr, dass sich Mum und Dad die ganze Zeit streiten und ich mich selbst geschnitten habe, um sie von ihrer Streiterei abzulenken. Das war natürlich eine glatte Lüge, denn die beiden haben es ja nicht einmal bemerkt.

Ich muss zugeben, dass Jenny ziemlich besorgt aussah, was nett von ihr war, schätze ich.

Sie hielt mir eine Predigt, wie dumm es wäre, so etwas zu tun, und wie sehr es meine Eltern beängstigt haben müsste. Was natürlich ein Witz ist, denn selbst *wenn* sie davon wüssten, wäre es ihnen völlig egal, das ist mal sicher.

Oh, sie hörte gar nicht wieder auf.

Sie findet, dass ich mal zum Schulpsychologen gehen sollte! Wegen was denn, habe ich gefragt. Nachdem ich gefragt hatte, was ein Schulpsychologe überhaupt sei.

Wegen deiner Mum und deinem Dad, fuhr sie fort. Und weil du dich selbst verletzt hast. Schulpsychologen können einem helfen, sagte Jenny.

Was für ein Witz.

36   Wer könnte mir denn schon helfen? Die Sache ist doch, dass ich *keine* Hilfe brauche. Ich habe meine Pläne. Ich brauche *überhaupt keine* Hilfe.

Jenny sagte, dass Schulpsychologen zuhören und dann versuchen herauszufinden, was nicht in Ordnung ist.

Ein *Witz*.

Ich bin nicht normal, das ist bei mir nicht in Ordnung. Das weiß ich doch. Finstere Stimmungen überfallen mich. Ich schreibe Gedichte.

Nein, Gedichteschreiben ist nicht falsch. Das hilft mir.

India hilft mir auch.

Aber es gibt niemanden auf der Welt, der mir bei meinem Plan helfen kann. Es ist *mein* Plan. Ich werde keine Hilfe brauchen.

Aber jetzt bin ich beim Schulpsychologen angemeldet. Für den nächsten Freitag. Das ist in zwei Tagen.

Verdammter Mist.

Welche Lügen werde ich denn *dieses* Mal erzählen müssen?

Na ja, die Sache mit dem Schulpsychologen habe ich ausfallen lassen. Dazu hatte ich überhaupt keine Lust.

Also bin ich zum Fluss runtergegangen und Skye war da. Das war großartig. Ich habe zwar nicht gerade viel gesagt, aber sie hat mir ein bisschen was erzählt. Ich kann gar nicht glauben, was sie mal werden will. Sie will eine von diesen Schilderhaltern werden, die bei Straßenarbeiten Schilder hochhalten, auf denen HALT und WEITER und LANGSAM steht.

Was für eine Wahl! Warum will sie denn ausgerechnet so etwas sein? Ich, ich will nur Vergangenheit sein.

Skye wird nächste Woche fünfzehn.

Ich sagte, dass ich sie an ihrem Geburtstag treffen würde. Sie sagte, das wäre cool. Ich schätze, ich werde ihr wohl ein Geschenk besorgen müssen.

Sie lebt bei ihrer Mum. Sie sagte, dass sie ihre Mum gerne mag, und fragte mich nach meiner. Ich antwortete, dass ich sie nicht so besonders gut kennen würde, aber dass ich sie wahrscheinlich genauso gerne mögen würde wie meinen Dad – was nicht allzu viel zu bedeuten hat, wenn ich es mir recht überlege.

Jenny hat mich heute abgefangen und war ziemlich sauer, weil ich den Termin beim Schulpsychologen geschwänzt habe. Morgen will sie *mit mir* kommen um sicherzustellen, dass ich auch hingehe. Das kann ja heiter werden.

Ich weiß gar nicht, wie ich da reingeraten bin. Oh ja, der Verband. Was bin ich doch für ein Idiot. Ich werde das mit der Rasierklinge nie wieder machen.

Natürlich ist der Verband auch India aufgefallen. Ich habe ihr erzählt, dass ich mich beim Kochunterricht geschnitten habe. Sie erwiderte, dass man ganz schön ungeschickt sein muss, um sich an beiden Handgelenken zu schneiden, und ich sagte, ja, ich bin ganz schön ungeschickt, und sie stimmte mir bloß zu.

Sie sagte, dass ich ein Clown bin, und ich gab ihr Recht. Warum auch nicht.

Vielleicht bin ich das ja.

Wenn man mich fragt – als ob irgendjemand überhaupt zu irgendetwas meine Meinung hören wollte –, dann sind es Mum und Dad, die eine psychologische Beratung brauchen. Falls das überhaupt noch etwas nützen würde. Ich weiß, dass es nicht so ist. Eins habe ich während meiner Zeit auf der Erde gelernt: Man nimmt den Rat eines anderen immer nur dann an, wenn er mit dem übereinstimmt, was man selbst denkt.

Mum und Dad *hören* sich gegenseitig nicht einmal zu. Dad sagt zum Beispiel irgendetwas wie: »Ich hatte heute einen schrecklichen Tag bei der Arbeit«, und Mum antwortet darauf (falls man das überhaupt antworten nennen kann): »Kann einer von euch mal die Kartoffeln schälen, India oder Jed?« Dad fährt dann fort, von der Arbeit zu reden und Mum erzählt weiter von den Koteletts oder was auch immer.

Ich habe darüber irgendwo mal was gelesen. Ich glaube, man nennt das parallele Konversation. Na ja, die beiden könnten sich das patentieren lassen.

Und dann geht der Streit wieder los. Manchmal tun sie mir Leid. Nicht sehr, aber doch ein bisschen.

Was war der heutige Tag für ein Reinfall. Einfach nur eklig.

Der Schulpsychologe war widerlich. Neugierig. Dumm. Ich glaube, dass Jenny auch meiner Meinung war.

Er hat mir *sehr* persönliche Fragen gestellt! Niemand kennt mich, außer India vielleicht, aber auch nicht wirklich. Wie kann ich denn da einem völlig Fremden Dinge erzählen, die ich nicht einmal Menschen anvertraue, die ich kenne?

Es scheint so, als hätte Jenny ihm berichtet, dass meine Eltern oft Streit haben. Also hatte es gar keinen Zweck, ihm da etwas vorzulügen, obwohl ich ihm nicht erzählt habe, wie schlimm sie sich krachen. Ich habe ihm auch nicht erzählt, dass India meint, es wäre cool, aus einer kaputten Familie zu kommen. Er wäre bestimmt ausgeflippt.

Er sagte, dass ich an meinem Selbstwertgefühl arbeiten muss. Als ob ich das nicht wüsste! Es war alles so peinlich. Er fragte mich, ob ich Probleme mit meinem Aussehen habe. Verdammte Scheiße! Würde *er* sich nicht schämen, wenn er abstehende Ohren und Pickel und Schuppen und hellblonde Wimpern und abgekaute Fingernägel hätte? Aber ich log und erzählte ihm, dass ich mit meinem Aussehen völlig zufrieden sei. *Da* war er aber sprachlos.

Er hat mich nach meinen Lieblingssongs gefragt! Als ob so ein alter Sack wie er auch nur einen einzigen der Songs kennen würde, die mir gefallen. Ich erzählte es ihm und weidete mich an seinem ahnungslosen Gesichtsausdruck. »Jeremy«

und »Rearview Mirror« (es war ganz offensichtlich, dass er noch nie etwas von Pearl Jam gehört hatte). So ein Penner. Aber am meisten verblüffte es mich, dass er noch nie von Kurt gehört hatte! Kurt Cobain! Unter welchen Felsen hat der denn gelebt? Es überraschte mich nicht weiter, dass er »Tomorrow Wendy« nicht kannte, aber Kurt!

Dieser Mann hat ein langes und langweiliges Leben verdient.

Hinterher meinte Jenny, dass ich nicht sehr kooperativ gewesen sei. Sie sagte, dass ich wegen der Musik sehr unhöflich gewesen sei und dass ich wahrscheinlich seine Lieblingssongs auch nicht gekannt hätte. Er sah aus wie einer von diesen schlaffen Typen, die die Beatles oder eine von diesen alten Bands mögen.

Selbst wenn ich an meinem Selbstwertgefühl arbeiten wollte, hätte ihm der Schulpsychologe heute einen kräftigen Schlag versetzt. So wie mein Leben im Augenblick aussieht, ist die Bekanntschaft mit einem weiteren widerlichen Menschen das Letzte, was mir fehlt. Davon kenne ich schon genug.

Ich habe Lust, die Texte von meinen Lieblingssongs aufzuschreiben. Ich kann sie auswendig, genau so, wie India alle Stücke von Elvis kennt.

Ich vermische sie gerne miteinander, um zu sehen, wie sie

auf dem Papier aussehen. Dann füge ich eigene Worte hinzu.

Das ist eines meiner Vergnügen, und ich habe heute Abend einfach keine Lust, etwas über mich selbst zu schreiben.

Die Welt schreit SPRING,
Aber ich wähle den Zeitpunkt.
Sie schrien Lebewohl,
Morgen muss Sandy sterben.
Ich sagte der Sonne,
Nimm dir nicht vor, für mich zu scheinen.
Ich werde nicht hier sein
Um über den Trubel nachzudenken.
Jemand, dem alles egal ist,
Ist jemand, der nicht leben sollte.
Ich will, dass du mich am Abgrund
   stehen siehst
Und so wahnsinnig wirst,
Wie du mich gemacht hast.
Dad hat nicht darauf geachtet,
Mum hat einfach vergessen,
Sich darum zu kümmern.
Prinz Jeremy, der Penner, regiert die Schule.
Jeremy hat sich heute in die Hose gemacht.
Vergiss es einfach,
Lösch es einfach aus deiner Erinnerung.
JENNY!
Stimmt etwas nicht, fragt sie.
Aber natürlich.

Du lebst immer noch, sagt sie.
Habe ich das verdient?
Ist das die Frage?
Und wenn es so ist, wer beantwortet sie?
Es gibt auch etwas Positives – Selbstmord.
ICH BIN mein eigenes Virus.
Alle schreien SPRING!
Aber ich wähle den Zeitpunkt.

Ich habe Skye eine Nirvana-Single zum Geburtstag gekauft, aber sie meinte, dass sie die schon hat.

Das war natürlich besonders gut für mein Selbstwertgefühl.

India hat mir auch mal eine Single geschenkt, die ich schon hatte, aber ich log und tat so, als würde ich mich über ihr Geschenk freuen.

Wie tief kann man bloß sinken? Und ich mochte Skye irgendwie.

Wie auch immer, ich habe ihr vorgeschlagen, dass sie sie mitnehmen soll, um sie mit irgendjemandem zu tauschen, und das machte sie dann auch. Na und?

Sie fing an, mir von ihrem Vater zu erzählen.

Ich dachte, dass sie bei ihrer Mutter leben würde, ich glaube wenigstens, dass sie mir das erzählt hat. Ja, ich habe gerade im Tagebuch nachgesehen, das hat sie. Ich entschloss mich, sie nicht daran zu erinnern: Skye ist ziemlich heikel.

Ihren Vater mag sie nicht besonders. Das ist noch untertrieben. Sie hat erzählt, dass er sich die Nase putzt und danach das Ergebnis betrachtet. Widerlich. Jeremy macht das auch. Ich habe ihn dabei beobachtet. Ich habe sie gefragt, was ihr Vater beruflich macht, und sie sagte, dass er wahrscheinlich mit gestohlenen Rollstühlen handelt. Aber das kann ich einfach nicht glauben. Sie erzählte, dass er mit ihr immer in Krankenhäuser gegangen ist, wo sie sich in einen Rollstuhl setzen musste, und er hat dann den Rollstuhl aus dem Gebäude herausgeschoben. Ich habe sie gefragt, wer denn einen gestohlenen Rollstuhl kaufen würde. Sie erwiderte, dass sie sich das Ganze bloß ausgedacht hat, weil sie ihr richtiges Leben nicht ausstehen kann.

Ich meine, wer kann das schon.

Dann sagte sie, dass ich überhaupt nichts von dem, was sie mir erzählt, glauben soll. Das werde ich auch nicht, so viel ist mal sicher. Was für eine Spinnerin.

Ich habe sie gefragt, wie ihre Eltern wirklich sind, und sie antwortete (ich kann mich noch genau an jedes Wort erinnern): »Bei solchen Eltern wie meinen ist es kein Wunder, dass ich neurotisch bin. Warum können sie sich nicht scheiden lassen oder sich irgendeiner östlichen Religion anschließen, so wie alle anderen Eltern auch?«

Sie sagte dann noch, dass ihre Eltern genauso sind wie die in »Drei Jungen und drei Mädchen«. Davon habe ich noch nie etwas gehört, aber das wollte ich nicht zugeben. Sie meinte, dass ihre Mutter so ist wie eine der Mütter im Fernsehen, die lächelnd irgendeinen Markenfraß auf den Tisch stellen, und dass ihr Vater Arzt ist – aber wer weiß, ob das stimmt?

Dann rauchte sie eine Weile und sagte, dass ihre Eltern mal Pseudohippies gewesen seien und sie deshalb auch Skye heiße. Sie findet diesen Namen fürchterlich.

Das mit den Pseudohippies hatte ich nicht verstanden, aber ich brauchte gar nicht danach zu fragen (was ich sowieso nicht getan hätte), denn sie hat es mir von sich aus erklärt. Ihre Eltern übernahmen nur die Sachen von den Hippies, die ihnen zusagten (Klamotten und Drogen und so), aber sie hätten immer gearbeitet, was echten Hippies nie einge-fallen wäre.

Na ja, ich habe das alles nicht richtig verstanden und es ist mir auch egal. Ich glaube, dass Skye Probleme hat, und Rauchen ist eines davon.

Sie sagte, dass sie nicht aufhören könne, weil sie mal was von Entzugserscheinungen gelesen hätte. Ich erwiderte, dass ich Entzugserscheinungen hätte: Ich will mich dem Leben entziehen. Und Skye blickte nur verwirrt drein.

Sie fragte mich, ob ich einen Persönlichkeits-Bypass habe, und da reichte es mir. Ich ließ sie mit ihren Zigaretten alleine und hoffe, dass sie sich zu Tode qualmen wird. Was für eine Art zu sterben.

Aber in meinem ganzen Leben hat sich noch nie jemand so lange am Stück mit mir unterhalten. Nicht mal India: Die muss dann immer gleich wieder zurück an ihren heiß ge-liebten Computer oder zu ihrem angebeteten Elvis.

Ich glaube, mit Skye werde ich mich nicht mehr abgeben.

Noch eine Verrückte.

Noch eine Spinnerin.

Davon gibt es schon genug. Es ist wirklich unfair. Ich bin nur von Idioten umgeben.

Außer India. Und vielleicht noch Jenny.

 Das hat India heute Morgen ja mal wieder toll hingekriegt!

Sie war in einer Stimmung, die sie selbst eine ihrer fröhlich gelben Stimmungen nennt. Ihre Stimmungen haben Farben. Meine auch. Na ja, eine Farbe. Schwarz. Sie hat rote Stimmungen und grüne Stimmungen und orange Stimmungen und fröhlich gelbe Stimmungen.

Fröhlich gelbe Stimmungen bedeuten, dass sie sich »fröhlich cool« fühlt, was auch immer das heißen mag und was auch immer sie damit meint.

Sie hat Dad beim Frühstück erzählt, dass sich in seinem Müsli etwas bewegt. Dad ist ausgeflippt und hat seine Schüssel weggeschoben und Mum angebrüllt, ihr vorgeworfen, dass sie die Müslipackung nicht richtig verschließt. Mum erwiderte, warum er denn nicht auch mal alleine Sachen wegräumen kann, und dann sagte India, mach dir keine Sorgen, Dad, Getreidekäfer sind gut für dich: reines Protein.

Natürlich hat India bloß Spaß gemacht. In seinem Müsli

46

waren gar keine Getreidekäfer. Sie meinte später, dass sie es nur gesagt hätte, um die Stimmung am Frühstückstisch aufzuheitern.

Dann meinte Dad zu India, dass er sie im Verdacht habe, wieder einmal ein Klugscheißer sein zu wollen, woraufhin India sofort »Suspicion«, einen ihrer liebsten Elvis-Songs, zu singen begann. Dad fing an herumzubrüllen, was für eine nutzlose und dämliche Familie er habe. India öffnete den Mund, um wieder etwas zu singen (da bin ich mir ganz sicher), aber ich packte sie schnell am Arm und zog sie aus der Küche.

Mum und Dad waren schon wieder mitten in einem Streit, deshalb machten wir bloß, dass wir in die Schule kamen.

Dad ist immer noch nicht wieder zu Hause und es ist schon halb elf.

Mum und India sind schon im Bett. Vielleicht kommt er ja überhaupt nicht mehr wieder. Aber wen kümmert das schon?

Ab und zu mache ich mir einfach Gedanken über Eltern.

Wenn ich schon diese ganze blöde Werbung im Fernsehen sehe, wo alle lächeln und reden und glücklich sind, Kuchen oder Teller voller Essen herumreichen und die ganze Zeit gute Laune haben.

47

Ich meine, Familien sind in Wirklichkeit überhaupt nicht so.

Mum und Dad wissen nichts von mir – außer meinem Alter. Höchstens noch auf welche Schule ich gehe. Ja, sie sorgen schon dafür, dass ich saubere Sachen zum Anziehen und genug zu essen habe. Aber was ist mit MIR?
Die beiden haben nicht die geringste Ahnung.
Oh, ich lüge schon wieder. Mum weiß, dass ich Blumenkohl hasse.
Und Dad weiß, dass ich nicht gerne den Rasen mähe.
Aber das ist es dann auch schon.

Jenny fragte uns heute im Unterricht, wie wir denn mit unseren Tagebüchern vorankämen. Ich habe schon seit Tagen nichts mehr geschrieben. Ich habe zu viel anderes im Kopf.
Ihr heutiges Thema war die Dichtung. Wenn sie nur ahnen würde, dass ich zu viele Gedichte im Kopf habe.
Sie sagte, dass wir versuchen sollten, ein Gedicht über uns selbst zu schreiben. Ein persönliches Gedicht, in unseren Tagebüchern.
Sie erzählte etwas von Gefühlen und Selbstwert, und ich könnte schwören, dass sie nur mit mir redete.
Ich habe mein Gedicht schon.

ICH

Ich fühle mich unwohl mit meinen Gefühlen.
Ich bin argwöhnisch,
Wenn mir jemand Liebe schenkt.
Aber ich gebe denen welche,
Die um mich sind.
Ich bin ein emotionales Wrack.
Ich fühle immer zu viel, nie zu wenig.
Deshalb herrscht in mir auch Verwirrung vor.
Also beurteile mich nie nach meinem Schein.
Ich versuche immer, hart zu wirken,
Um eine Mauer
Gegen die Verletzungen zu errichten.
Aber meine wahren Gefühle zeigen sich
In meinen Augen, in jedem Blick.
Deshalb ist diese ganze Härte verschwendet.
Ich muss so leicht zu lesen sein
Wie ein Buch.
Ich habe vor nichts auf dieser Welt Angst.
Die hat man nicht,
Wenn man keine Angst vor dem Sterben hat.
Das ist alles nur Theater,
Eine Vorstellung, wenn du so willst.
Um in deinen Augen normal zu erscheinen.

Schenke ich denen um mich herum Liebe? India schon. Ja.
Aber ich habe das geschrieben, also muss ich es wohl tun.
Okay, ich bin ein Wrack. Ein Grund dafür ist, dass ich
nichts vergessen kann. Ich sehe alles. Wie kann ich denn

vergessen, was ich sehe und höre? Wie kann ich das vergessen, worüber ich nachdenke? Mum und Dad, Jeremy, Skye, India. Ich fühle mich aufgewühlt wie die grauen Wolken vor einem Gewitter.

Wann wird das Gewitter kommen?
Ich habe noch keine endgültigen Pläne gemacht.
Aber das werde ich.

Oh, India, du bist wirklich unbezahlbar.

Als ich heute Nachmittag nach Hause kam, schrie India gerade auf der Straße einen Typ an. Er schien schreckliche Angst zu haben, obwohl er älter war als India, ich schätze vierzehn.

»Friss Dreck, friss Dreck und stirb, du Penner!« Das hat meine kleine Schwester gebrüllt.

Der Typ haute ab. Ich wünschte, ich könnte behaupten, dass er sich verzog, weil er *mich* kommen sah, aber das hatte India ganz alleine erreicht.

Ich fragte sie, was er getan hatte, und sie erzählte mir, dass er an der Bushaltestelle versucht hatte, den Träger ihres

BHs zu schnipsen. Sie sagte, dass das so ein blödes Spiel sei, das nur Idioten spielen, und dass sie sich das nicht gefallen lassen würde.

Ich musste laut lachen.

India kochte vor Wut und regte sich auf und verschüttete sogar ihre Schokoladenmilch, was sie sonst nie macht.

Ich sagte ihr, dass sie sich doch wegen eines BH-Schnipsers nicht so aufzuregen braucht, und sie gab mir daraufhin eine typische India-Antwort.

Sie sagte – nein, sie schrie: »Ich komme in die Pubertät! Ich brauche so viel Unterstützung wie möglich!«

Und dann stürmte sie wütend an ihren Computer.

Ich weiß nicht, ob sie damit meinte, dass ihr Busen die Unterstützung brauchte oder ihre Einstellung, aber es war ihr auf jeden Fall gelungen, mich abzulenken – *davon.*

Na ja. Jenny muss wohl Karl von meinem Auftritt bei dem Schulpsychologen erzählt haben. Oder davon, wie Mum und Dad streiten. Oder von den Schnitten, die ich mir blöderweise selbst zugefügt habe.

So wie ich mich heute Abend fühle, könnte ich glatt noch ein paar mehr davon machen. Nein, das werde ich nicht. Erstens tut das richtig weh und außerdem fangen die Leute dann nur an zu quatschen und Dinge weiterzuerzählen. Im Augenblick kann ich außer India niemandem trauen.

In Mathe schlich sich Karl irgendwie von hinten an mich heran und blickte auf meine Aufgaben.

Er fragte: »Jed, wie läuft es denn so?«

Was sollte ich darauf denn schon antworten? Meinte er damit Mathe, was im Moment recht gut ging, oder meinte er etwa mein Leben? So etwas hatte er mich vorher noch nie gefragt, aber aus irgendeinem Grund war er immer klasse zu mir.

Ich wollte ihn bitten, dass er mir einen Witz erzählt. Er ist gut im Witzeerzählen. Aber weil ich so ein Versager bin, habe ich ihn natürlich nicht gefragt.

Ich sagte ihm, dass alles prima sei. Was immer er auch gemeint haben mochte – aber das sagte ich nicht.

Dann fragte er mich, ob ich mich in der Mittagspause mit ihm in der Bibliothek treffen würde. Ich dachte im Stillen, warum wollen sich denn plötzlich alle Lehrer mit dir in der Bibliothek treffen? Erst Jenny und jetzt Karl. Aber ich fragte ihn nicht.

Die müssen wohl wissen, dass ich anders bin, hässlich und verrückt.

Warum wohl fragte mich Karl? Weil ich über seine Witze lache? Das tue ich. Die sind lustig. Ich kann mir Witze nie merken. India schon.

Noch so eine Versagersache an mir.

Ich traf ihn in der Mittagspause. Er fragte mich nach meinen Eltern, einfach so. Als ob sie bei einem Elternabend gewesen wären! Ihm hätte doch klar sein müssen, wie egal ihnen ich und die Schule sind.

Oder sowieso alles, außer ihnen selbst.

Ich glaube, ich schreibe morgen weiter. Ich lege mich jetzt einfach ein bisschen hin und denke nach, mache ein paar Pläne.

Das war heute kein besonders netter Abend auf dem Familiensitz der Barnes.

Anscheinend hatte Mum bei der Arbeit so schlimme Kopfschmerzen bekommen, dass sie früher nach Hause gegangen war. Zufälligerweise nahm sie denselben Bus wie India, aber India sah nicht, dass sie hinter ihr saß.

India stieg an unserer Haltestelle aus, gefolgt von dem BH-Schnipser. Mum konnte nicht sehen, wie er ihren BH schnipste. Sie sah nur, wie India dem Penner ihren Rucksack über den Kopf haute und ihm »Geh und koch dir deinen Kopf« und noch Schlimmeres ins Gesicht schrie.

Mum war wütend, selbst dann noch, als ihr India erklärt hatte, warum sie ihm den Rucksack übergezogen hatte.

Beim Abendessen kam dann alles heraus.

Ich wunderte mich, warum India so aussah, als ob sie auf eine Zitrone gebissen hätte. Dieser Gesichtsausdruck war gar nicht typisch für sie. Deshalb fragte ich sie, was los sei, und sie erzählte es mir. Ich meinte zu Mum, dass ich es für durchaus gerechtfertigt hielt, diesem Typ eins überzuziehen. Mum erwiderte, dass Gewalt *nie* gerechtfertigt ist, woraufhin Dad sagte, oh doch, das ist sie, und sie schon wieder aufeinander losgingen.

Ein paar Sekunden lang hoffte ich, dass India irgendeinen passenden Elvis-Song anstimmen würde, um die Situation zu entschärfen, aber stattdessen tat sie etwas für sie völlig Unerwartetes.

Sie sagte: »Falls ihr beiden doof geboren wurdet, erlebt ihr gerade einen Rückfall.« Ich weiß immer noch nicht ganz genau, was sie damit eigentlich genau sagen wollte. Mum und Dad starrten sie finster an und Dad sagte, dass sie sich um ihre eigenen Angelegenheiten kümmern solle. India erwiderte, dass die ewige Streiterei leider auch *ihre* Angelegenheit sei, was mich völlig verblüffte. Ich hatte immer gedacht, dass India das alles völlig egal ist.

Dad stand auf und sah sie böse an und India rannte in ihr Zimmer. Ich wollte ihr hinterherlaufen. Ich wollte irgendetwas sagen, die Sache wieder ins Reine bringen. Aber habe ich das getan? Natürlich nicht.

Wie gewöhnlich saß ich einfach nur da und hasste meine Eltern und mich selbst.

Ich werde bald meine Pläne machen müssen. Wenn India jetzt auch noch wütend wird und ihr sonniges Gemüt verliert, was bleibt mir dann noch?

Niemand sagte etwas.

Das einzige Geräusch machten die Spaghetti, die Dad in sich hineinschlürfte. Ich konnte keinen Bissen mehr runterkriegen, obwohl es mein Lieblingsessen ist.

Deshalb stellte ich meinen Teller in die Spüle und ging zu India.

Sie hörte Elvisplatten und spielte an ihrem Computer. Es sah nach irgendeinem schrecklichen Ballerspiel aus.

Sie lächelte mich an und dankte mir dafür, dass ich sie verteidigt hatte. Was ich natürlich gar nicht getan hatte. Dann sagte sie, dass ich mir keine Sorgen machen soll: Sie könne für sich selbst kämpfen.

Gestern Nacht habe ich etwas Verrücktes gemacht.

Ich weiß selbst nicht warum. Ich konnte nicht schlafen und hatte auch keine Gedanken zum Aufschreiben.

Also habe ich etwas für India gebastelt. In meiner Schreibtischschublade hatte ich noch eine Pappschachtel – ich muss wohl mal irgendetwas darin aufbewahrt haben.

Ich holte ein paar alte Zeitschriften aus dem Wohnzimmer. Mum hebt sie wegen der Rezepte auf, aber dann vergisst sie sie und sie stapeln sich einfach. Ich riss ein paar Seiten mit Blumen drauf aus. Dann schnitt ich die Blumen aus und klebte sie auf die Schachtel und auf den Deckel. Innen und außen. Schließlich holte ich mir etwas von Mums durchsichtigem oder farblosem Nagellack oder wie das heißt und lackierte das Ganze.

Die Schachtel sieht richtig glänzend und strahlend und farbenfroh aus, genau wie India. Ich werde sie aufheben und sie ihr zu irgendeiner besonderen Gelegenheit schenken.

Jeremy werde ich es heimzahlen.

Er hatte heute so ein dummes Grinsen im Gesicht. Ich habe ihn gar nicht erst gefragt warum, weil ich wusste, dass er es mir auch so erzählen würde.

Jeremy sagte, ich bräuchte jetzt nicht mehr länger in Jenny verknallt zu sein: Er hat herausgefunden, dass sie mit Karl zusammenlebt. Als ob mir das irgendetwas ausmachen würde! Aber jetzt weiß ich wenigstens, wieso Karl über meine Eltern Bescheid wusste. Man kann niemandem mehr trauen.

Ich sagte Jeremy, dass mir das völlig egal sei, und das stimmt auch wirklich. Ich habe anderes im Kopf.

Er aber machte schmatzende Kussgeräusche und trieb mich während des Unterrichts zum Wahnsinn: Er tat so, als würde er flennen, und zeigte dabei auf mich. Die anderen in der Klasse merkten natürlich bald, um was es ging, und einige Idioten machten mit.

Jenny fragte Jeremy, was denn los sei, und er antwortete: »Oh, Jed ist nur völlig fertig, weil seine Freundin einen anderen liebt.« Daraufhin lachten die Idioten und Jenny sagte zu Jeremy, dass er mit seinen Aufgaben weitermachen und sich nicht so kindisch benehmen solle.

Jenny schrieb ein paar Fragen für uns an die Tafel. Das ist einer der Gründe, warum ich Jenny so gerne mag. Sie benutzt immer noch die Tafel.

Aber Jeremy gab immer noch keine Ruhe.

Er sagte, er hätte gehört, dass India ziemlich gut mit dem Rucksack umgehen kann.

Das haute mich um.

Woher wusste er das denn? Er musste es gesehen haben – aber nein, er wohnt nicht an unserer Buslinie. Also musste er wohl diesen BH-Träger schnipsenden Penner kennen.

Mein ehemaliger Freund Jeremy.

Zum Glück hatte ich meinen Zirkel zur Hand. Den rammte ich ihm kräftig ins Bein. Er schrie laut auf. Jenny fragte, was denn los sei, und er erzählte es ihr natürlich sofort.

Also war es mal wieder Zeit für die Bibliothek.

Versuch das zu vergessen, versuch es von der Tafel zu wischen. Das kommt in dem Lied Jeremy vor. Wo es um *Jeremy* geht, der im Unterricht etwas sagt. Hallo Pearl Jam. Danke für eure Worte. Meine sind nicht so gut.

In der Bibliothek saß ich dann *beiden* gegenüber: Jenny und Karl. Sie sahen mich mit einem ach so betroffenen Blick an. Ich wusste, dass es Ärger geben würde.

Sie sagten, dass sie sich Sorgen um mich machen würden. Na ja, ich mach mir auch Sorgen um mich. Es wurde höchste Zeit, dass die anderen endlich mal damit anfingen. Aber das erzählte ich ihnen nicht.

Ich habe heute etwas Verrücktes in einer Zeitschrift gelesen.

Ich meine, *wirklich* verrückt.

Diese Leute, von denen ich noch nie etwas gehört hatte, waren alle im Alter von siebenundzwanzig Jahren gestorben. Nun, Kurt war siebenundzwanzig. Und diese ganzen Leute auch. Janis Joplin, Jim Morrison, Jimi Hendrix. Die sind alle mit siebenundzwanzig gestorben!

So lange kann ich nicht warten.

Wer waren diese Leute? Das muss ich herausfinden. Es hat wohl keinen Zweck, wenn ich Mum und Dad frage. Die Bibliothek? Nein. Ich schätze, da gibt es nur altes Zeug.

Ich muss Jenny fragen.

Ich weiß, dass mein Onkel Poster von dieser blonden Frau, Marilyn oder so, an der Wand hat. Und welche von James Dean – ich habe nie etwas von ihm gesehen, weder im Fernsehen oder auf Video noch im Kino. Aber er muss vor Jahren wohl ziemlich bekannt gewesen sein.

Die sind also alle gestorben.

Ich habe gehört, wie mein Onkel davon gesprochen hat.

Wird man also berühmt, wenn man stirbt?

Interessieren sich die Leute für einen, wenn man tot ist?

Und heißt es eigentlich »Spiel-« oder »Kinofilm«?

Ich wünschte, ich wüsste, was ich sagen soll. Was ich schreiben soll.

Aber eines ist mir gerade klar geworden.

Wenn man stirbt, wird man berühmt.

Und zu allem Überfluss musste mir India heute Nachmittag auch noch einen Vortrag halten.

Jeremys Schwester hat ihr erzählt, dass ich meinen Zirkel in sein blödes Bein gestochen habe. Sie meinte, dass das ziemlich dumm von mir gewesen sei, denn wenn er jetzt AIDS kriegen würde, könnte er mich verklagen.

Ich erwiderte, dass man von einem Stich mit einem Zirkel kein AIDS bekommen kann. Sie sagte, vielleicht nicht, aber es gäbe immer ein erstes Mal. Was für mich überhaupt keinen Sinn machte. Aber so geht mir das bei fast allem.

Außerdem hätte Jeremys Schwester ihr erzählt, dass ich in Jenny verknallt sei. Ich antwortete, dass das eine Lüge sei (ist es auch) und dass Jeremy ein wertloses Mitglied der Menschheit sei und dass man allem, was er seiner Schwester erzählt, keinerlei Beachtung schenken dürfe. Und India sagte, dass sie sich Sorgen um mich mache. Sie meinte, dass ich nicht laut genug lachen und die ganze Zeit nur in meinem Zimmer sitzen und in meinem Tagebuch schreiben würde. (Das stimmt natürlich gar nicht, denn ich schreibe immer nur abends, und das auch nicht immer.)

India hatte ihren Sommerhut auf, in dessen Band sie eine Hibiskusblüte gesteckt hatte. Sie sah damit richtig niedlich aus. Gestern hatte sie eine Narzisse in ihrem Hutband. Ich glaube, dass sie die Blumen bei anderen Leuten klaut. In unserem Garten gibt es nicht *eine* einzige Blume.

59

Sie sah irgendwie komisch aus, als sie mir mit diesem herumwippenden, knallorangfarbenen Hibiskus auf dem Hut ihre Predigt über mein Benehmen hielt.

Und dann fing sie ausgerechnet auch noch an, eine wilde Theorie aufzustellen, wie großartig es sei, dass die Paare heutzutage schon zusammenleben, bevor sie heirateten (so wie Jenny und Karl – sie wusste natürlich davon!), weil sie so feststellen konnten, ob eine Ehe funktionieren würde oder nicht. Ich kann es immer noch nicht fassen, dass meine Schwester mit zwölf zu so einem Thema schon ihre eigene Meinung hat. Ich habe das nicht und ich bin fünfzehn. Mir ist das völlig egal.

Sie sagte, dass Mum und Dad nicht geheiratet hätten, wenn sie vorher zusammengelebt hätten. Ich fragte sie, woher sie das wissen will, und sie antwortete, dass sie sie gefragt hat. Beide haben gesagt, dass sie nicht zusammengelebt hätten, und sie stimmten ihr auch beide zu, dass sie in dem Fall nie geheiratet hätten. Da hielt India plötzlich mitten in ihrer wirren Erzählung inne und sagte: »Oh, aber dann wären wir ja gar nicht hier, oder, Shoovy Jed?«

Sie schien von ihren eigenen Worten überrascht zu sein. Ich sagte ihr, dass es mir völlig gleichgültig ist, ob ich hier bin oder nicht, und sie erwiderte, dass das genau der Grund ist, warum sie sich um mich Sorgen macht: Mir sollte nicht immer alles so egal sein.

Was immer das auch heißen mag. Manchmal verstehe ich India überhaupt nicht.

Wegen der Blumen in unserem Garten habe ich mich geirrt.

Ich bin heute ein bisschen rausgegangen, um mich eine Weile zu entspannen, und in einer Ecke steht da ein alter Baum – ich wusste schon irgendwie, dass er da ist, aber ich interessiere mich eigentlich überhaupt nicht für Bäume. Wie auch immer, er trägt ein paar weiße Blüten und zwei winzige grüne Zitronen.

Ich weiß nicht, warum ich das überhaupt aufgeschrieben habe. Mein Gehirn muss wohl wieder völlig durchgedreht sein.

Ich weiß jetzt, dass Jeremys Schwester ihn auch für einen Idioten hält. Gut. India hat mir erzählt, dass er seine Turnschuhe in den Kühlschrank legt um sie abzukühlen! Ich habe es ihm heute erzählt. Na ja, fast wenigstens. Ich summte leise ein kleines Lied vor mich hin und flüsterte dann den Text gerade laut genug, dass das Arschgesicht ihn noch hören konnte.

Jeepers Creepers,
Wo tust du deine Turnschuhe hin?

In den Kühlschrank, Mann,
In den Kühlschrank, Mann.
Turnschuhe zwischen dem Essen.

Na ja, es ist nicht gerade wie von Kurt oder von Pearl Jam, aber es hat funktioniert. Er wurde durch seine Akne hindurch rot, was eine ganz schöne Leistung ist. Das weiß ich selbst nur zu gut.

Was für ein Ding, Mann,
Deine Füße, Mann,
Steak mit Turnschuh zum Abendessen, Mann.
Milchmann, melk sie, Mann,
Turnschuhe in der Milch.

Bei Jenny mussten wir heute drei Minuten lang über unser Tagebuch sprechen.

Nicht über das, was drinsteht, sondern wie es uns beim Schreiben und Nachdenken hilft.

Wie kann einem denn ein Tagebuch beim Nachdenken helfen? Das kann es nicht.

Es ist nur etwas, womit ich mir abends die Zeit vertreibe.

Das ist besser, als zuhören zu müssen. Ich könnte auch zu India in ihr Zimmer gehen, aber um ehrlich zu sein, kann ich Elvis nicht mehr hören und ich hasse Computerspiele.

Ich könnte auch fernsehen, aber Mum und Dad streiten sich mal wieder darüber, dass Dad nicht im Haushalt hilft und welches Programm sie sehen wollen, also was soll ich da.

Nichts.

Deshalb habe ich der Klasse erzählt, dass mir das Tagebuch etwas gebracht hat, weil ich damit meine Zeit ausfüllen kann und weil mir Schreiben mehr Spaß macht als Fernsehen. Ich denke, das haben mir nicht viele von den anderen abgenommen, denn das sind *Fernsehsüchtige*. Sie reden jeden Tag bei den Schließfächern darüber, was in irgendwelchen Fernsehserien passiert ist, von denen ich nicht einmal gehört habe.

Daher habe ich mit dieser Szene nichts zu tun. Ich kann ihnen ja auch kaum erzählen, dass der wahre Grund, warum ich nicht fernsehe, meine Eltern sind, die sich die ganze Zeit daneben streiten und mir damit auf die Nerven gehen.

Mein ehemaliger Freund Jeremy, dieser Trottel, hat gesagt, dass er in seinem Tagebuch über seine Freundin schreibt. Der schmierige Idiot hätte uns wahrscheinlich sogar noch verraten, *was* er verfasst hat, wenn Jenny ihn nicht unterbrochen und gesagt hätte, dass sie nicht wissen will, worüber er schreibt: Sie wollte nur wissen, ob ihm das Tagebuch insgesamt hilft, seine Gedanken über das Schreiben zu ordnen.

Wie auch immer, Dad haut mal wieder ab, aber darüber will ich im Augenblick gar nichts schreiben.

Vielleicht morgen.

Ich bin mein eigenes spezielles Virus.

Eisenmangel?

Ja. In Biologie haben sie uns vor ein paar Tagen etwas von Eisen erzählt. Ich brauche Eisen.

Fischsteak. Testfleisch.

Teste mich?

Testturnschuhe.

India, welche Blume wirst du morgen tragen?

India. Die macht mich vielleicht fertig! Ich betrachtete gerade meine Pickel im Badezimmerspiegel, als India herein-kam. Ich hatte die Tür ein Stück offen stehen gelassen, deshalb dachte sie wohl, dass das Bade-zimmer frei sei.

Wenn ich etwas wirklich hasse, dann ist es, wenn mir einer beim Begutachten meiner Pickel zusieht. Selbst India.

Deshalb sagte ich ihr, dass sie verschwinden soll, und zwar dalli, und sie sagte, sie hieße nicht Dalli, und blieb einfach mit verschränkten Armen und einer gelben Rose im Hut-band stehen.

Aus irgendeinem Grund war ich wütend, richtig wütend.

Sie schien so ruhig und völlig Herr der Lage zu sein.

Wie auch immer, ich wollte rumquetschen und so, aber India blieb einfach stehen, den Kopf zur Seite geneigt.

Dann sagte sie: »Weißt du, Shoovy, was ich gerne machen würde?«

Ich antwortete nicht. *Niemand* weiß, was India als Nächstes machen wird.

»Na ja«, fuhr sie fort: »Ich würde mir gerne einen Filzstift holen und auf deinem Gesicht ›Punkte verbinden‹ spielen. Ich meine Mitesser, Pickel und so weiter. Warum sollte man nicht das Beste aus der Situation machen?«

Ich wusste nicht, ob ich sie aus der Tür rausschubsen oder lachen sollte. Deshalb machte ich beides.

Also.

ALSO!

Ich musste mich mit Karl treffen. Und dem Schulpsychologen. Und Jenny. *Mit allen drei auf einmal.*

Ich weiß nicht warum. Es hat doch keinen Zweck. Aber ich tat es. Ich redete. Nur ein bisschen. Ich meine, Tagebuch, was soll ich schon sagen? Ich liebe dich, Tagebuch, du widersprichst mir nicht.

Aber ich schätze, das macht niemand. Ich rede ja nicht viel. Nur mit dir, du blödes Tagebuch.

Skye!

Ich habe Skye getroffen.

Gestern. Nach diesem großen wichtigen Treffen mit all diesen Leuten rannte ich runter zum Fluss, ohne auf den Bus zu warten. Rennen war besser. Frei, noch nicht ganz frei, aber auf dem besten Weg dahin.

Ich weiß gar nicht, worüber ich als Erstes schreiben soll. Über Skye, oder über die *anderen*!

Ich werde mich erst mal ein bisschen hinlegen und über alles nachdenken.

Ja. Das Treffen.

Das war vor ein paar Tagen. Ich habe eine Weile lang keine Lust zum Schreiben gehabt. Ich habe das mit der Rasierklinge wieder gemacht. Ich konnte nicht anders. Aber niemand hat es bemerkt.

Also, über was habe ich denn mit dem Schulpsychologen geredet? Ach ja. Wieder über meine Eltern. Er sagte, dass ich mir nicht so viele Sorgen um ihre Beziehung machen und einfach mein eigenes Leben weiterleben sollte. Aber das ist ja natürlich gerade das, was ich *nicht* machen will.

Mein Leben einfach weiterleben? Was für ein Witz. Ich will raus aus dieser Tretmühle.

Karl und Jenny fragten mich, warum ich so gemein zu Jeremy bin, obwohl wir doch so gute Freunde waren. Na ja, das waren wir nie. Er war einfach nur da und saß im Unterricht neben mir – das ist alles. Ich sitze schon seit Jahren neben Jeremy.

Ich weiß gar nicht mehr, wer sich das ausgesucht hat. Vielleicht war es einfach Zufall. Oder Pech. Ich sagte ihnen, dass Jeremy gemein zu *mir* ist. Er quatscht die ganze Zeit im Unterricht, meistens über seine Freundin, und er treibt mich zum Wahnsinn. Jenny schlug vor, dass ich mich woanders hinsetze. Aber wer kann schon wissen, neben welchem Idioten ich dann sitzen muss?

Fast alle wollen Jed Barnes fertig machen, das weiß ich. Außer India kann ich niemandem trauen.

Und vielleicht, wirklich nur vielleicht noch Skye.

Dann erwähnte der Schulpsychologe die Blutflecken. Eine Weile lang fragte ich mich, welche er meint.

Aber dann wurde mir klar, dass er die vom Zirkel meinte, die Flecken, die Jenny und Karl neulich in der Bibliothek gesehen haben.

Ich sagte, dass es ein Unfall war, aber natürlich glaubte mir das keiner. Ein Stich könnte ein Unfall gewesen sein, sagte Karl. Aber nicht mehrere.

Seine Argumention war bestechend. So wie mein Zirkel. Das war ein Witz.

Irgendwann fragte mich dann der Psychologe, ob ich deprimiert sei. Also! Natürlich bin ich das, sagte ich. Er fragte mich, was mich außer meinen Eltern und ihren Streitereien denn noch deprimieren würde. Dass ich deprimiert war, weil ich mir immer noch keinen Plan gemacht hatte, verriet ich ihm nicht. Ich erzählte ihm, dass ich deprimiert war, weil ich in der Schule keine guten Zensuren bekam.

Ich weiß nicht, warum ich das gesagt habe. Da musste ich wohl einen Augenblick lang die Kontrolle über mich verloren haben. Jenny und Karl widersprachen gleichzeitig und erzählten dem Schulpsychologen, dass ich gute Zensuren bekomme, und das stimmt natürlich. Das muss wohl daran liegen, dass die Aufgaben so einfach sind. Denn besonders schlau bin ich bestimmt nicht.

Dann fing der Psychologe davon an, dass ich ein Perfektionist wäre! Er sagte, dass ich zu hohe Maßstäbe an mich selbst anlegen würde, oder irgend so etwas. Ich dachte mir, dass es am besten wäre, ihm zuzustimmen.

Deshalb versprach ich, dass ich in Zukunft nicht mehr zu viel von mir selbst erwarten würde. (Ich habe noch nie irgendetwas von mir erwartet.)

Er redete dann noch weiter darüber, dass die meisten Familien Probleme haben, aber ich schaltete einfach ab. Ich saß einfach mit einem Lächeln da, von dem ich hoffte, dass es verständig wirkte, während er seine Buchweisheiten herunterleierte.

Für mich war es die totale Zeitverschwendung und für die anderen auch.

Ich muss vorsichtig sein und nicht wieder so wütend auf Jeremy werden. Ich möchte meine Zeit nicht noch mal so verplempern, wenn es doch Wichtigeres zu tun gibt.

Ich glaube, ich werde von der Brücke springen. Nicht als Mutprobe, und nicht, wenn ich betrunken bin (was ich noch nie war).

Vor einem Jahr oder so trieb ich mich nach der Schule noch auf dem Sportplatz herum. Ich wollte nicht nach Hause gehen, schätze ich. Ich kann mich daran erinnern, dass India bei einer Freundin übernachtete und dass es deshalb keinen Grund gab, rechtzeitig nach Hause zu kommen.

Wie auch immer, auf dem Sportplatz waren ein paar Kids, die besoffen waren, ich meine stinkbesoffen – und das war überhaupt nicht lustig oder so. Sie waren nur noch doof und konnten nicht mehr richtig reden und einer von ihnen hatte sich seine Jeans voll gekotzt. Ich dachte mir, verdammt, ich habe auch so schon genug Probleme.

Und sie stanken. Ein bisschen so, wie Dad manchmal stinkt. Aber zurück zur Brücke. Ja, die Brücke.

Ich habe gehört, wie ein anderer Junge gesagt hat, man würde schon kurz nach dem Sprung das Bewusstsein verlieren, sodass man gar nichts mehr spürt, wenn man auf das Wasser prallt.

Ich denke, ich werde meine Arme ausbreiten wie ein Bungeespringer und dann werde ich wohl ohnmächtig werden. Selbst wenn ich das nicht tue, werde ich das Bewusstsein spätestens dann verlieren, wenn ich auf das Wasser treffe.

Wichtig ist nur – falls ich dann immer noch etwas mitbekomme –, dass ich daran denke, *nicht* zu schwimmen. Das ist ein echtes Problem. Was wäre, wenn ich automatisch zu schwimmen beginnen würde?

Vielleicht nehme ich zuerst ein paar von den Schlaftabletten, die Mum im Badezimmerschrank hat. Ich werde einfach drei nehmen und springen, wenn ich mich schläfrig fühle. Ich werde sie nehmen, bevor ich zur Brücke gehe.

Also, endlich mache ich Pläne.

1. Herausfinden, wo der höchste Punkt der
   Brücke ist.
2. Ich muss es nachts machen, damit mich niemand
   sehen und aufhalten kann.
3. Die Tabletten nehmen, bevor ich losgehe.
4. Zur Brücke laufen und mich dort verstecken,
   bis ich schläfrig werde.
5. Zum vorher erkundeten höchsten Punkt
   der Brücke gehen.
6. SPRINGEN!!!!
7. Ewige Glückseligkeit.

Ich habe Skye am Fluss getroffen.

Ich habe ihr ein bisschen von dem Schulpsychologen erzählt. Sie kennt so was, weil sie bei ihr an der Schule auch einen haben. Sie findet, dass er Klasse sei, und sie geht oft zu ihm. Sie sagt, dass sie absichtlich Dummheiten macht, damit sie zu ihm hin muss. Unglaublich. Anscheinend hört er ihr nur zu und lächelt dabei viel. Sie sagt, dass sie sich immer richtig gut fühlt, wenn sie bei ihm war.

70 Ich fragte sie, ob sie schon mal von Jugendlichen gehört hätte, die nach Partys von einer Brücke gesprungen sind. Das hatte sie. Sie fand das blöde. Sie sagte, dass sie Mut-

proben blöde fände und dass Selbstmord zu begehen nur dumm sei.

Sie hat ja keine Ahnung.

Mit Skye kann man gut reden, aber wir haben im Grunde nicht die gleiche Wellenlänge. Ich habe ihr von diesem Tagebuch hier erzählt, und sie sagte, dass sie auch mal eines geführt hätte, aber dass es ihr langweilig geworden wäre.

Skye meinte, dass sie die meisten Sachen außer Zigaretten rauchen langweilig findet – also haben wir eigentlich nicht viel gemeinsam, bis aufs Schuleschwänzen.

Es gibt so viel, das ich ihr gerne erzählen würde. Aber es hat ja keinen Zweck. Überhaupt nichts hat einen Zweck.

Wenn ich doch bloß meinen Plan gestern Nacht durchgeführt hätte.

Ich könnte Karl und Jenny umbringen.

Heute Abend war ganz eindeutig der schlimmste Abend aller Zeiten. Ich hätte wissen müssen, dass man niemandem trauen kann.

Mum hatte uns einen Zettel hingelegt, dass sie erst später kommen würde, weshalb India und ich uns unser Abendessen selbst machen mussten. Aber das ist okay, wenn man weiße Bohnen mit Tomatensoße mag. Dad war für ein paar Tage weg gewesen (das macht er manchmal), aber jetzt war er wieder da. Was hatte er für eine miese Laune. India fragte ihn, wo er gewesen sei, und er sagte: »In irgendeinem Hotel«. Natürlich begann India sofort, »Heartbreak Hotel« zu singen, womit sie aber überhaupt nicht gut ankam.

Mum kam nach Hause, während wir gerade aßen. Sie ließ sich auf einen Stuhl fallen und starrte mich an.

Es stellte sich heraus, dass sie sich mit Jenny und Karl getroffen hatte. Sie haben ihr von mir und meinen Gesprächen mit dem Schulpsychologen erzählt. Ich bin mir nicht sicher, was sie ihr alles berichtet haben. Ich weiß nicht einmal mehr genau, was ich alles gesagt habe.

Mum ging auf mich los, und als Dad klar wurde, um was es sich drehte, fing er auch an. Beide brüllten mich an und warfen mir Dinge an den Kopf, warum ich nicht mehr wie India sein könnte und warum ich aller Welt von ihren Problemen erzählen muss. Sie sagten, dass sie schon genug Probleme damit hätten, ihr eigenes Leben auf die Reihe zu kriegen, ohne sich auch noch Sorgen um mich machen zu müssen. India sang »Don't Be Cruel«, gefolgt von »Such a Night« und Dad sagte, dass er wieder abhauen würde. Da begann sie mit »Seperate Ways« und ich dachte, dass Dad sie schlagen würde, aber er tat es nicht: Er stand nur auf und schlug die Küchentür hinter sich zu. India sang »Softly As I Leave You« und Mum fing an zu lachen, aber es war kein gutes Lachen. Es klang irgendwie hysterisch.

Und das alles, weil sich Jenny und Karl nicht um ihren eigenen Kram kümmern können. Je eher ich das mit der Brücke mache, desto besser.

Ich habe mich heute Nacht nicht mehr im Griff, deshalb werde ich versuchen zu schlafen.

Ich wünschte mir auch, *dass* ich mehr wie India wäre.

Ich sehe den Tod
Im Spiegel auf meinem Gesicht.
Ich sehe den Tod,
Wie er mit jedem Jahr näher kommt.
Ich sehe den Tod
Auf den anderen Gesichtern um mich herum.
Ich sehe den Tod
Als etwas Endgültiges,
Als etwas tief Greifendes.
Ich fühle den Tod,
Wie er nachts auf meinem Bett sitzt.
Er flüstert mir ins Ohr - die Dinge
sind nicht immer in Ordnung.
Der Tod leistet mir Gesellschaft.
Der Tod ist immer da.
Er ist die Schwärze in dem Schatten,
Der mir überallhin folgt.
Er ist ein Teil meiner Seele.
Er ist etwas, das ich nicht fürchte.
Er ist mein ständiger Begleiter.
Und während ich die Jahre durchwandere,
Bin ich tot.
Und du bist es auch.
Dir ist vielleicht nicht klar,
Dass er ein Teil von dir ist.
Ich bin tot.

Gehe nicht mit mir.
Ich bin tot.
Lass mich bitte in Ruhe.
Ich bin tot.
Lass mich bitte leben.

India arbeitet an einem Projekt.

Ihr Lehrer – wer eigentlich sollte India schon etwas beibringen können – hat die Klasse aufgefordert, Fragen mitzubringen, auf die sie keine Antwort wissen. Dann ist jeder Schüler einmal dran, seine Fragen vorzulesen, und die Klasse muss versuchen, sie zu beantworten.

Also, wenn ich Fragen stellen müsste, dann wären die ziemlich unbestimmt. Ich würde dann fragen, warum zum Teufel ich immer noch lebe, warum um alles in der Welt ich ausgerechnet meine Eltern bekommen habe, warum meine Eltern verdammt noch mal gerade mich am Hals haben? Solche wichtigen Fragen halt.

Nein. Ich lüge schon wieder. Ich würde gar nichts fragen. Aber in einer idealen Welt würde ich das fragen. Man muss sich bloß mal das Theater vorstellen, das Jeremy veranstalten würde, wenn ich richtige Fragen stellen würde. Ich kann mir das lebhaft vorstellen.

Oder irgendjemand anderes.

Also, Indias Fragen.

Sie probierte sie beim Abendessen aus, aber Mum und Dad interessierte das nicht. Nach der ersten, die »Warum verheddern sich Telefonkabel immer?« lautete, sagte Dad, geh in dein Zimmer, und zwar sofort, India. Sie fing an, mit einem, wie ich zugeben muss, großartigen Elvisschmelz in der Stimme »It's Now Or Never« zu singen. Ich wusste, dass sie früher oder später in mein Zimmer kommen würde.

Ich begutachtete gerade meine Schnittwunden von der Rasierklinge, als sie klopfte.

Nach dem Abendessen hatte sie sich noch mal umgezogen. Sie trug ein T-Shirt; um die Hüften hatte sie ein Geschirrhandtuch geschlungen, eine Gänseblümchenkette um den Hals, dazu Schlafanzughosen aus Flanell. Außerdem hatte sie eine rote und eine schwarze Socke an. In ihre Haare hatte sie eine Rose gesteckt. Ich habe keine Ahnung, wo sie die geklaut hatte.

Sie sah umwerfend aus. Anders.

Meine India trägt keine Baseballmützen und Schlabberklamotten!

Dann stellte sie mir ihre Fragen.

1. *Warum verheddern sich Telefonkabel?*

2. *Warum vermehren sich nachts die Kleiderbügel?*

3. *Warum wird manchen Leuten schneller kalt als anderen?*

4. *Gibt es einen Ort auf der Welt, wo man seine verlorenen Socken wieder finden kann?*

5. *Warum fahren die Leute mit dem Auto, wenn sie auch mit dem Bus oder dem Zug fahren könnten?*

6. Warum fühlt man sich deprimiert und mies,
wenn Mum und Dad sich streiten?

Die hatte sie dazugemogelt.

Jetzt ist es ein paar Tage später.

Ich habe nichts in mein Tagebuch geschrieben, weil es nicht viel zu schreiben gab.

Na ja, es ist schon Einiges passiert, aber es hat keinen Zweck, davon zu erzählen. Ich habe mir gerade Indias Fragen wieder angesehen.

1. Ich telefoniere nie (Wer würde mich schon anrufen? Wen sollte ich anrufen?). Deshalb habe ich keine Ahnung.

2. Zu viele Sachen aus der chemischen Reinigung. Wen interessiert das schon? Nur die Klamotten von Mum und Dad kommen in die Reinigung. Aber sie brüllen sich oft wegen der Kleiderbügel an. Wen interessiert das schon?

3. Keine Ahnung

4. Nein

5. Sie sind faul. Und sie können sich Autos leisten.

6. HALT DIE KLAPPE, INDIA!

Es gibt noch mehr, über das ich nachdenken muss.

Ich habe irgendwo in einem Buch über
jemanden gelesen, der bei seinem großen Plan einen Fehler gemacht hat.

Einen Fehler!

Man fand ihn in seinem Auto. Er hatte den Zündschlüssel
in der Hand – musste es sich wohl noch anders überlegt,
aber den Motor zu spät abgeschaltet haben. Kohlenmono-
xid ist tödlich. Natürlich.

Aber er hatte es falsch gemacht.

Ich werde es mir nicht anders überlegen.

India klopfte gestern Abend an meine
Zimmertür und ich konnte gerade
noch mein Tagebuch verstecken, ehe
sie hereingehüpft kam.

India schreitet und hüpft. Sie geht nicht so wie andere Kinder.

»Shoovy, rate mal?«

Natürlich gab ich ihr darauf keine Antwort. Als ob ich wissen könnte, was India sagen oder tun wird!

»Na ja, wenn ich erwachsen bin, werde ich ein Rentnerdorf
aufmachen, was meinst du dazu?«

Da ich ja nicht vorhabe, überhaupt erwachsen zu werden, wie sie es nennt, meine ich gar nichts, also antworte ich nicht.·

»Weißt du, ich schätze, dass ich ihnen von jemandem richtig hübsche kleine Wohnungen bauen lassen könnte, mit wunderbaren Gärten und Vögeln und Tieren, denn ich habe gelesen, dass Rentner Tiere mögen. Ich würde Leute engagieren, die kommen, um für sie zu singen, und Clowns und Jongleure, damit meine Leute im Alter ganz bestimmt glücklich sind. Ich würde dort natürlich jede Menge Ärzte und Pfleger haben und auch Zahnärzte – nein, vielleicht keine Zahnärzte, denn alte Leute habe ja falsche Zähne, oder? Also, was meinst du dazu?«

Ich habe so viele Sachen im Kopf und dann kommt India mit diesem Mist an!

Schließlich sagte ich: »Wo willst du denn das Geld hernehmen?«

»Oh, das ist ja mal wieder typisch, dass du irgendwelche Einwände hast«, sagte India. »Ich werde es schaffen. Ich schaffe es immer. Warte bloß ab!«

Warte *du* bloß ab!

Jeremy hat heute geredet. Über seine blöde Freundin. Sie heißt Tansy. Es gibt schon wirklich seltsame Namen auf der Welt. Jed. Skye. India. Tansy.

Die Freundinnen anderer Leute interessieren mich überhaupt nicht, schon gar nicht die von Jeremy. Er erzählte im
Flüsterton, aber laut genug, dass es die anderen hören
konnten, von ihrer Figur, was für einen tollen Körper sie
hätte. Karl saß gerade mit einer Gruppe von Schülern an
irgendeiner Matheaufgabe und merkte es nicht. Aber mich
machte es wütend.

Finster wütend. Finstere Stimmung.

Sie prasselte auf mich herab wie ein Regenschauer!

Tansys Körper. Ich weiß zu viel darüber. Ich weiß, wie groß
ihre Brüste sind und welche Form ihr Hintern hat. Ein
Glück, dass ich keine Freundin haben will. Nicht, dass mich
irgendein Mädchen haben wollte.

Wer will denn schon einen Typ mit abstehenden Ohren,
Pickeln, Schuppen, hellblonden Wimpern und abgekauten
Fingernägeln?

Antwort: niemand.

Als ob ich überhaupt eine Freundin haben wollte!

Bei meinen Problemen und mit meinem Plan hätte das sowieso keine Zukunft.

Skye hat mich heute völlig durcheinander gebracht.

Dieses Mal hat sie mir erzählt, dass sie
bei ihrer Tante wohnt. So was von verrückt. Wo lebt sie denn nun eigentlich wirklich?

Wie auch immer, ich will überhaupt nirgendwo mehr leben. Also habe ich mir ihr wirres Gequatsche angehört. Ich bin inzwischen der Meinung, dass Skye wahrscheinlich noch verrückter ist als ich. Dabei fällt es mir normalerweise nicht gerade leicht, zu irgendeiner Meinung zu gelangen. Aber das war einfach.

Ich habe mir gerade noch mal angesehen, was ich eben geschrieben habe, und ich wollte natürlich schreiben, bei *wem* lebt Skye?

Aber mir ist das ja egal.

Jenny hat uns nach unseren Tagebüchern gefragt und Jeremy fing natürlich sofort von Tansy an.

Ich wollte das eigentlich nicht hinschreiben, aber ich habe es getan. Ich muss mal anfangen, das zu machen, was ich machen will.

Es hat keinen Sinn, das mit Tipp-Ex wegzumachen, weil das hier sowieso nie jemand lesen wird.

Skye. Sie hat von ihrer Tante erzählt, wie toll sie ist. Genau wie ihr Schulpsychologe. Großartig, hat sie gesagt. Sie meint, dass sie außer ihrem Dad alle Leute mag.

Ich glaube, Skye vergisst manchmal, was sie sagt. Nein, ich weiß, dass sie das tut. Das muss einfach so sein. Sie hat sich überhaupt nicht unter Kontrolle, das ist mir klar.

Sie bot mir eine Zigarette an. Sie sollte doch noch wissen, dass ich Rauchen hasse. Aber ich nahm sie und Skye zündete sie mir an.

80 Dann drückte ich sie mir auf dem Arm aus.

Das fand ich toll, denn da ist sie *wirklich* ausgeflippt. Es hat auch richtig wehgetan.

Dann sah sie die Namen, die ich mir reingeschnitten habe.

»Wer ist denn die durchgestrichene Jenny?«, fragte sie.

Sie kannte Kurt natürlich.

Ich sagte ihr, dass ich ihr schon mal von Jenny erzählt hatte. Aber habe ich das? Ich sollte es eigentlich noch mal nachlesen, aber vielleicht habe ich es ihr auch erzählt, ohne darüber zu schreiben. Es ist schwer, ein Tagebuch zu führen. Ich schätze, ich sollte einfach alles aufschreiben. Aber das kann ich nicht.

Wer könnte das schon?

Sollte ich aufschreiben, wie oft ich pinkeln gehe?

Sollte ich aufschreiben, was ich esse?

Tagebücher sind überflüssig.

Ich habe seit sechs Tagen nichts mehr geschrieben. Heute Abend muss ich.

Ich habe heute zufällig etwas mit angehört. Ich saß an einem der Arbeitsplätze in der Bibliothek, als Jenny und Karl hereinkamen und sich zusammen an einen Tisch hinter mir setzten. Sie haben mich offensichtlich nicht gesehen und ich sah sie nicht. Ich hörte sie. Ich wünschte, ich hätte es nicht getan. Ich konnte einfach nicht aufstehen und weggehen, weil sie sonst gemerkt hätten, dass ich ihr Gespräch belauscht habe. Sie redeten über mich. Sie haben meinen Namen nicht genannt, aber ich wusste es. Sie sprachen darüber, wie seltsam mein Verhalten ist und dass ich so ein extremer Einzelgänger bin. Sie mögen Mum nicht.

Als ich das hörte, wunderte ich mich ein bisschen, denn Mum und Dad kommen eigentlich nie auch nur in die Nähe der Schule. Aber dann fiel mir ein, dass Jenny Mum angerufen hatte und wie wütend Mum gewesen war, dass ich von ihr und Dad erzählt hatte.

Sie sagten, dass ich beim Schulpsychologen nicht richtig mitmachen würde und dass ich offensichtlich Depressionen hätte.

Es war schrecklich. Und das ist noch vorsichtig ausgedrückt. Sie redeten von mir, als müsste ich sofort in medizinische Behandlung, während ich doch eigentlich nur dringend einen endgültigen Plan brauche.

Sie sagten, sie wollten mir den Vorschlag machen, zu einem Arzt zu gehen, und dass sie vielleicht mitgehen oder selbst hingehen würden, wenn ich nicht will. Nun, ich werde nicht gehen.

Dann klingelte es und sie verschwanden.

Meine Ohren brannten. Sie müssen knallrot gewesen sein. Das ist noch so eine Sache, die ich an meinem Körper hasse: Meine Ohren werden manchmal knallrot. Ich habe fürchterliche Ohren. Das meiste an meinem Körper ist fürchterlich.

Mein linker kleiner Finger ist okay.

Das sollte ein Witz sein. Ha. Wie lustig. Lustig, haha.

Hört mir zu, ihr Idioten!
Ich werde nicht euer Clown sein!

Was für ein Tag.

Jeremy fing schon wieder von Tansy an. Nicht im Unterricht. Er erwischte mich in der Mittagspause.

Ich hielt das natürlich nicht aus. Deshalb sagte ich ihm, dass ich mir den Film ansehen will, obwohl ich gar nicht wusste, was lief. Ich mag keine Gratisvorstellungen. Ich gehe fast nie hin.

Ich wusste, dass ich nach der Mittagspause eine Freistunde hatte, was die Sache nur noch schlimmer machte. Denn wenn man erst mal in der Vorstellung ist, muss man natürlich drinbleiben, weil sonst jeder die ganze Zeit rein- und rausrennen würde.

Also, in diesem Film ging es um einen Typ irgendwo in Europa, vielleicht in Schweden. Vielleicht auch in Dänemark. In einem von diesen Ländern. Aus irgendeinem Grund (ich habe den Anfang verpasst) sollte er seinen Onkel töten, der gleichzeitig auch sein Stiefvater war, glaube ich. Es war ziemlich verwirrend.

Na ja, er hat es immer wieder rausgeschoben. Außerdem hat er aus Versehen einen alten Typ umgebracht, der sich hinter einem Vorhang versteckt hatte. Und er hat jemanden in einem Degenduell getötet. Und ich glaube, dass er auch seine Mutter vergiftet hat, aber da bin ich mir nicht ganz sicher.

Wie auch immer, die große Sache war die, dass er bis zum Ende immer wieder zögerte, seinen Onkel oder Stiefvater zu töten, weswegen dann immer andere Leute sterben mussten oder sich selbst umbrachten. Er hatte eine Freundin – sie hieß Ophelia –, die nicht schwimmen konnte. Sie sprang in einen Fluss und ertrank. Eine Weile lang trieb sie noch mit Blumen in der Hand auf der Oberfläche – aber schließlich ging sie unter.

Ich glaube, sie hat sich umgebracht, weil sie von ihm enttäuscht war.

Na ja, ich will nicht, dass Jenny oder Karl oder Mum oder Dad oder India so etwas tun, deshalb muss ich es endlich auf die Reihe kriegen. Nicht so wie dieser dämliche Prinz.

Jenny fing mich ab, um mit mir über einen Arzt zu reden.

Ich war natürlich darauf vorbereitet.

Ich erzählte ihr, dass ich schon bei einem gewesen sei. Ich bin inzwischen ziemlich gut im Lügen. Sie sah erleichtert aus und fragte mich, wie es denn zu Hause läuft, und ich log gleich noch einmal und sagte, viel besser.

Natürlich ist da alles beim Alten geblieben.

India gab gestern Abend eine großartige Version von »Hard Headed Woman« zum Besten, als Mum auf Dad losging. Als Dad daraufhin düster und traurig dreinblickte, fing sie mit »Don't Cry, Daddy« an, und als es richtig schlimm wurde, sang sie »Such A Night« und tanzte aus der Küche.

Später kam India dann in mein Zimmer und sagte, dass sie sich Sorgen um mich mache. Sie meinte, Jeremys Schwester hätte ihr erzählt, dass ich die Schule geschwänzt habe. Dabei habe ich das gar nicht so oft gemacht. Aber es war ja klar, dass Jeremy mich verpetzt. Ich sagte ihr, dass es keinen Grund gäbe, sich Sorgen zu machen, und sie antwortete, dass sie schon darüber hinwegkommen würde; sie mache sich nie lange Sorgen über irgendetwas. Sie hatte sich nur ein einziges Mal richtig Sorgen gemacht, als sie den Text von einem Elvis-Song vergessen hatte. Im Augenblick, sagte sie, würde sie versuchen, sich den Text von »An American Trilogy« richtig zu merken. Ich sagte ihr, dass ich von dem Stück noch nie etwas gehört habe, und sie erwiderte, doch, das hätte ich, denn sie hätte mir ja gerade eben den Titel genannt. Aber ich hatte keine Lust, mich zu streiten. Wie soll man sich mit einer Schwester streiten, die Elvis-Songs singt, wenn Mum und Dad sich streiten, und die eine frische Blume an ihrem Sommerhut trägt und eine Duschhaube, wenn es regnet?

Und zurzeit trägt India *immer* zwei verschiedene Socken, mit Absicht. Und sie trägt einen Pfefferstreuer bei sich, um dem BH-Schnipser Pfeffer in die Augen zu streuen. Sie musste es nur einmal machen, sagte sie. Er hat es nicht wieder versucht, aber sie hofft, dass er das tun wird, denn sie sieht es gerne, wenn er Schmerzen hat.

India! Ich sagte ihr, dass sie eine tolle kleine Schwester ist. Da sang sie mir wunderschön den ganzen Song »Little Sister« vor. Einfach so.

India ist die Einzige, die ich vermissen werde.

Die Angst verwirrt mich.
Ich werde nicht die Dinge ertragen.
Die ich nie werde vergeben können.

Pearl Jam. Ich liebe euch. So wie ich mein Tagebuch liebe. Habe ich nicht einmal geschrieben, dass ich dich hasse, Tagebuch? Vielleicht. Vielleicht auch nicht. Wen kümmert das schon? Ich bin mein eigener Parasit.

Was hatte Kurt damit gemeint? Melke es, melke was? Oder wusstest du selbst auch nicht, was du meinst, Kurt? Hast du deshalb mit allem Schluss gemacht? Dachtest du, du wärst ein Schwindler? *Dachtest du das?*

Habe heute Skye wieder getroffen. Ich bin nicht hingegangen, um sie zu sehen. Ich wollte am Fluss Pläne machen. Die letzten drei Male, als ich dort war, habe ich sie nicht getroffen. Ich fragte sie, wo sie gewesen sei, und sie sagte, dass sie zusammen mit ihrer Mutter Urlaub am Meer gemacht hat. Ich habe keine Ahnung, ob das stimmt, und ich vermute fast, sie weiß es auch nicht. Ich glaube, dass Skye völlig gestört ist.

Sie behauptete dagegen das Gleiche von *mir*. Und zwar, sagte sie, weil ich mir die Zigarette auf dem Arm ausgedrückt und Namen in mich hineingeritzt habe. Dann erzählte sie mir, dass sie einen Freund hat. Na toll, sagte ich. Er hängt mit ihr anscheinend abends vor dem Supermarkt herum, wo sich alle Idioten versammeln, wie ich gehört habe. Ich würde da nicht mit abhängen, selbst wenn man mich darum bitten würde. Das ist blöde. Angeblich spielt er Basketball und ist ein toller Typ. Na und?

Ich fragte sie, warum sie dann nicht bei ihm ist, und sie erwiderte, dass er beim Basketballtraining sei.

Dann wischte ich mir mit dem Ärmel meines Hemdes über das Gesicht, weil es so heiß war, und spürte, wie dabei ein riesiger Pickel auf meinem Kinn platzte. Ich begutachtete meinen Ärmel und natürlich waren da Blut und Eiter drauf. Deshalb hielt ich den Ärmel – na ja, meinen Arm – wieder davor und ließ ihn einfach da. Ich weiß, dass Skye es gesehen haben muss, aber sie sagte nichts. Sie erzählte nur immer weiter von ihrem Basketballmacho und glücklicherweise war mir das völlig egal.

Ich glaube, ich werde nicht mehr zum Fluss gehen.

Die Enten werden mir allerdings fehlen.

Ich habe heute einen Spaziergang zur Brücke gemacht. Ich habe herausgefunden, wo die höchste Stelle ist. Da geht es ganz schön tief runter. Ich werde mich ganz weit abstoßen und fliegen wie ein Vogel, bis ich ohnmächtig werde. Ich glaube, ich werde heute Abend mal eine von diesen Schlaftabletten nehmen, um zu sehen, wie schnell sie wirken. Und morgen Abend werde ich dann zwei nehmen. Wenn ich von zwei innerhalb von vierzehn Minuten schläfrig werde, müsste das hinkommen. Man braucht von unserem Gartentor aus vierzehn Minuten, um zur Brücke zu kommen, und dann noch mal fünf Minuten bis zur höchsten Stelle.

Die eine Tablette gestern Abend hat nicht richtig gewirkt. Ich schätze, ich war zu aufgeregt, weil ich endlich an meinem Plan arbeite. Es dauerte ewig, bis ich einschlief.

Ich muss zugeben, dass ich heute in der Schule ein bisschen verpennt war. Ich wollte eigentlich nicht hingehen, aber so kam es halt. Ich überlegte, ob ich zum Fluss gehe, aber ich hatte keine Lust, Skye zu sehen. Vielleicht wäre sie gar nicht da gewesen, aber wenn, dann hätte sie mir wieder ewig von ihrem Machofreund erzählt, falls da überhaupt was dran ist. Skye ist eigentlich ziemlich hübsch, auf eine komische Art. Daran will ich aber lieber nicht denken.

Das hat ja keine Zukunft.

Die Schule war gar nicht so übel. Man sagte uns, dass Karl

88

mit Grippe im Bett liegt, und wir hatten eine Vertretungslehrerin, die super war. Sie hat die ganze Unterrichtsstunde
damit verbracht, unsere Namen auswendig zu lernen. Sie
hat ein großartiges Gedächtnis: Am Ende der Stunde wusste
sie die Namen von uns allen. Ich wünschte mir, dass mehr
Lehrer das machen würden. Da hat man eine Weile lang das
Gefühl, dass man nicht ganz unwichtig ist. Selbst Jenny
brauchte drei Wochen und zwei Tage, bis sie meinen Namen
kannte.

Es ist allerdings auch kein besonders toller Name! Jed.
Shoovy Jed.

Jed.
Ned.
Ned Kelly.
In den Bauch.
Ich will,
Dass ihr mich von den Wänden abkratzt
Und so verrückt werdet,
Wie ihr mich gemacht habt.

Das ist schon komisch, Tagebuch. Ich
habe überhaupt keine Angst vor dem
Tod. Ich habe Angst vor dem Leben.

Falls ich das überhaupt als Leben bezeichnen kann.

Ich habe heute mal versucht, *vernünftig* zu sein und Gründe für das Sterben und für das Leben aufzulisten. Das machte ich, während die Vertretungslehrerin mit den vietnamesischen Schülern beschäftigt war. Sie will anscheinend im Urlaub nach Vietnam fahren und stellte ihnen Fragen über das Land. Ich mag die Vietnamesen: Sie erzählen tolle Geschichten. Na ja, einige von ihnen. Sie sind nett zu anderen Leuten. Zu mir nicht, aber das ist ja keiner – na ja, India schon. Und Jenny und Karl, aber die mischen sich in alles ein.

Hier ist meine Liste. Sie ist vielleicht nicht so toll. Ich werde sie morgen noch mal überprüfen, denn ich habe gerade zwei Tabletten aus dem Badezimmerschrank genommen, aber ich bin mir ziemlich sicher, dass ich die Liste noch zusammenkriege. Die Liste.

GRÜNDE FÜR DAS:
STERBEN

- Leben hat keinen Sinn
- ich bin allen egal
- keine Sorgen mehr
- keine Fragen mehr
- nichts mehr

LEBEN

- Sterben macht Sinn
- nur für India, aber sie wird darüber hinwegkommen

Am Morgen. Morgens habe ich noch nie etwas in dich hineingeschrieben, Tagebuch. Zwei Pillen wirken gut. Jetzt dauert es nicht mehr lange!

Die Welt schreit SPRING!
Aber ich wähle den Zeitpunkt.

In der Schule bin ich heute fast irre geworden. Ich würde keine Schlaftabletten nehmen, wenn sie nicht zu meinem großartigen Plan gehören würden. Man ist auch den ganzen nächsten Tag noch kaputt, wirklich. Nicht so, dass man den ganzen Tag schlafen muss (obwohl ich nichts dagegen gehabt hätte, im Bett liegen zu bleiben, aber Mum blieb mit einer Erkältung zu Hause). Deshalb machte ich in der Schule alles halb mechanisch. Ich habe nicht einmal Jeremy getreten, als er wieder von Tansys Beinen anfing.

Was für ein Thema. Tansys Beine. Oder überhaupt die Beine von irgendjemandem.

Irgendwie erlebte ich die Schule wie durch einen Nebel.

Mir ist gerade etwas eingefallen *(Lüge! Sie hat es mir er-*

zählt!). India hat in drei Wochen Geburtstag. Ich kann es also nicht vorher tun. Ich muss einfach miterleben, wie sie dreizehn wird. Ich werde »Seems Like Teen Spirit To Me« spielen, wenn sie den Kuchen anschneidet. Und da ich ja bald sowieso kein Geld mehr brauchen werde, habe ich mir ein Paar blaue Wildlederschuhe zurücklegen lassen – sie wird ausflippen, wenn sie die sieht, und tagelang nur noch »Blue Suede Shoes« singen und alle Leute ermahnen, dass sie nicht auf die neuen Schuhe treten sollen.

Ich habe sie in einem coolen oder vielleicht auch shoovigen Laden gefunden und ich musste fast mein ganzes Erspartes dafür hinblättern, aber blaue Wildlederschuhe bedeuten wohl den meisten Menschen nicht allzu viel. Ich schätze, deshalb können sie dann von einem dafür wirklich viel Geld verlangen, weil sie wissen, dass man sie unbedingt haben möchte.

Mum hat India gefragt, ob sie eine Party machen möchte (was für eine seltsame Frage – *mich* hat sie nie gefragt, ob ich eine Party machen möchte. Mum und Dad haben sogar meinen elften Geburtstag *vergessen*, weil sie mal wieder zu sehr mit sich selbst beschäftigt waren).

India sagte Nein, sie wolle keine Party: Sie sei ihre *eigene* Party. Kein Wunder, dass ich sie so sehr liebe. Sie sagte, sie wäre eine tragbare Party. Sie wolle nur eine Eistorte haben, auf der ELVIS LEBT steht.

Ich frage mich, ob Mum das auf die Reihe kriegen wird. Vielleicht sollte ich deswegen mal mit ihr reden.

Ich bin froh, dass meine Schwester so ausgeglichen ist. Wenn ich eine Schwester hätte, die ebenso gestört wäre wie

ich, besäße ich wahrscheinlich nicht den Mut, meinen Plan durchzuführen. Dann müsste ich hier auf diesem wahnsinnigen Planeten bleiben, um ihr zu helfen.
Ich habe Glück. India braucht mich nicht.

Ich muss also noch durchhalten.
Heute habe ich mal ausprobiert, wie lange ich zur Brücke brauche, wenn ich schnell gehe. Dreizehn Minuten. Ich glaube, dass es davor vierzehn gewesen sind. Ich werde es in ein paar Tagen noch einmal nachprüfen. Es wäre schrecklich, wenn nicht alles ganz genau vorbereitet wäre.
Jenny hat uns heute wieder nach unseren Tagebüchern gefragt. Die würde einen Schock kriegen, wenn sie wüsste, um was es in meinem geht!
Ich schätze, ich werde mal wieder zum Fluss gehen.
Drei Wochen sind schließlich eine lange Zeit.

Mum und Dad.
Die sind mal wieder am Zanken. Warum bleiben Leute denn bloß zusammen, wenn sie sich die ganze Zeit nur streiten? Ich streite mich mit niemandem.

Das hat keinen Sinn. Das hat überhaupt keinen Sinn.

Ich habe das mit der Rasierklinge wieder gemacht. Dieses Mal hat es nicht einmal mehr wehgetan. Ich glaube, dass ich die Kurt-Schmerzgrenze überschritten habe!!!!

Diesmal habe ich es richtig gemacht, ich habe geduscht und mir das Blut abgewaschen. Danach habe ich mir eine Winterdecke gesucht, die ich morgen auswaschen werde.

Es hat nicht wehgetan, als ich es gemacht habe.

Jetzt tut es weh.

Aber die meisten Dinge tun weh.

Ich bin zum Fluss gegangen. Skye war nicht da. *Na und?*

Wen kümmert das schon.

Mich nicht.

Shoovy Jed nicht. Dem ist alles egal. Er ist allmächtig. Und Jeremy, der Idiot, herrscht über die Schule.

Jeremy. Tansy.

Jeremy ist ein IDIOT. Stirb, IDIOT!!!!

India war heute seltsam drauf.

Sie summte während des ganzen Abendessens »Crying in the Chapel«, womit sie Dad (und mir) mächtig auf die Nerven ging. Dad sagte, dass sie damit aufhören und ihre Fleischpastete und die Pommes essen soll, woraufhin sie »In the Ghetto« zu summen begann. Dads Gesicht wurde immer roter, und India fing an, »Flaming Star« zu

singen. Sie sah ganz süß und unschuldig aus, wie sie so da-
saß, mit einem schlaff herabhängenden Gänseblümchen im
Haar und einem Löffel, der ihr wie ein Amulett an einem
Stück Schnur um den Hals baumelte.

Schließlich flippte Dad dann aus. Er sprang auf und riss ihr
das Gänseblümchen aus den Haaren, woraufhin Mum zu
brüllen anfing. India sagte nur, es wäre schon in Ordnung,
sie hätte die Blume später sowieso herausnehmen wollen
und Dad hätte ihr bloß die Arbeit abgenommen. Dad fragte
sie, warum sie einen Löffel um den Hals trug, und India
sang daraufhin natürlich nur »Good Luck Charm«. Dann
wurde es richtig schlimm, weshalb India in mein Zimmer
rannte. Ich folgte ihr.

India fiel mit einem Lachkrampf auf mein Bett. Ich meinte
zu ihr, dass es keinen Grund zum Lachen gäbe, aber sie
sagte, dass Dads Gesicht ungeheuer komisch war, als es so
rot wurde. Dann sah sie mein Tagebuch neben meinem
Kopfkissen liegen und fragte, ob sie es lesen dürfte. Ich riss
es an mich und sagte, auf keinen Fall. Sie wird es auch nicht
tun. India tut nichts hinter meinem Rücken. Dann fing sie
wieder an, mir eine Predigt zu halten!

Na ja, so was in der Art jedenfalls. Sie sagte, dass ich zu viel
Zeit in meinem Zimmer verbringe und dass ich öfter mal
rausgehen und ungewöhnliche Dinge tun sollte.

Wenn India einmal in Fahrt ist, dann hört sie so schnell
nicht wieder auf.

Sie meinte, dass das Leben ein Baum mit einer Million Blü- 95
ten ist, die alle nur darauf warten, gepflückt zu werden.
Oder irgend so etwas. Das klingt nach einer ziemlich guten

Idee, wenn man sich für das Blütenpflücken interessiert, erwiderte ich.

Shoovy, du musst dein Leben wieder leben! India sang diese Worte beinahe. Geh spazieren! Sieh dir den Himmel an! Trage zwei verschiedene Socken! Iss eine rohe Kartoffel! Sie hörte gar nicht wieder auf.

Pflanze Karotten! Lass dir ein geheimes Tattoo machen! Zähle nachts die Sterne! Lerne die Texte von allen Elvis-Songs auswendig! Sing deinen Fischen etwas vor!

Wenn ich India nicht so gut kennen würde, hätte ich vermutet, dass sie irgendetwas genommen hat. Aber ich kenne India. Sie erzählte immer weiter von den ganzen Blüten, die ich vom Baum des Lebens pflücken könnte. Ich hörte ihr gerne zu, aber ich interessiere mich nicht für solchen Kram. Ich will den Baum fällen.

Ich werde India außer den blauen Wildlederschuhen noch Blumensamen zum Geburtstag schenken. Dann kann sie die in einem Topf oder hinten im Garten einpflanzen und an allen Sommertagen frische Blumen an ihrem Hut tragen; an Sommertagen, wenn ich nicht mehr da sein werde.

Ich frage mich, wie es sein wird? Hört einfach alles auf zu sein, wie wenn man in einen traumlosen Schlaf versinkt? So wie alles aufhörte, als sie mir den Blinddarm herausnahmen? Ist es so? Wie bei einer Narkose, aus der man nicht mehr erwacht? Es muss einfach ein Gefühl von Freiheit sein, man wird sich frei fühlen. Oder gar nichts mehr fühlen.

Skye war heute unten am Fluss.

Ich erzählte ihr von India und ihrem von Blüten bedeckten Baum des Lebens. Ich weiß nicht, warum ich ihr das erzählt habe. Ich schätze, es lag daran, dass ich den ganzen Tag daran denken musste und ich mich über so etwas auf keinen Fall mit Jeremy unterhalten wollte. Skye sah verwirrt aus; ich werde es wohl schlecht erzählt haben. Wenn India ihre verrückten Sachen sagt, dann klingen sie echt; aber ich schätze, Skye hatte Recht, als sie mal meinte, dass ich einen Persönlichkeits-Bypass habe.

Ich kann einfach nicht richtig über Dinge reden. Ich schätze, deshalb hört mir auch nur India zu – und Skye manchmal.

Das ist so wie mit den Witzen. Obwohl ich nicht gerade viele höre. Mum und Dad haben nie Witze erzählt. Ich glaube, die wissen nicht einmal, dass es so etwas wie Witze gibt. Aber selbst wenn ich mal einen in der Schule höre, kriege ich nie die Pointe richtig hin, wenn ich versuche, ihn India zu erzählen.

Skye sagte, ich solle mir Zitronensaft auf meine Pickel machen, wenn sie aufplatzen. Sie meinte, dass das brennen würde, sie aber austrocknet. Die hat ja Nerven, mir so etwas zu erzählen. Wie auch immer, meine acht Pickel sind mir egal, aber völlig.

Unwichtiges Zeug.

Skye sagte, dass sie mit ihrem Freund Schluss gemacht hat, weil er mit ihr schlafen wollte und sie keine Lust dazu hatte.

Ich konnte spüren, wie mein Gesicht rot wurde. Ich rede nicht gerne über solche Angelegenheiten. Und da ich ja meinen Plan schon gemacht habe, werde ich es sowieso nie tun. Aber Skye schien das überhaupt nicht peinlich zu sein. Sie zündete sich nur eine weitere Zigarette an und qualmte vor sich hin.

Dann fragte mich Skye, ob ich schon mal mit jemandem geschlafen hätte.

Ich konnte es nicht fassen, dass sie mich so etwas fragt. Ich glaube, ich habe eine ganze Weile lang erst mal gar nichts gesagt – nein, ich weiß es. Dann log ich und sagte Ja. Was hätte ich denn sonst sagen können? Jed, der Idiot, schlägt wieder zu.

Ich kann einfach nicht *glauben*, was heute passiert ist.

Na ja, es ist ja nichts passiert. Aber es wurde viel geredet. Ich werde mir mal ein Glas Milch holen, ehe ich weiter schreibe.

Nun, das hat mich auch nicht beruhigt. Es heißt doch immer, Milch entspannt. Vielleicht gilt das nur für heiße Milch? Wer weiß. Ist ja egal.

Zum Glück wird das hier nie jemand lesen. Wie soll ich erklären, was passiert ist, oder besser, was nicht passiert ist?

Na ja, ich werde es mal versuchen, damit ich es morgen lesen kann und dann weiß, was geschehen ist.

Also, nachdem ich gelogen und Ja gesagt hatte, fragte mich Skye, wie es ist, wenn man mit jemandem schläft.

Da ich keine Ahnung hatte, wusste ich nicht, was ich sagen sollte. Deshalb log ich wieder und sagte, dass es shoovy wäre. Sie wollte wissen, was »shoovy« bedeutet, und ich sagte, dass das ein Wort ist, das Leute benutzen, wenn sie Sex haben. Ich weiß, dass das eine Lüge und absolut DOOF war, aber ich wusste einfach nicht, was ich sonst machen sollte.

Warum habe ich bloß dieses Wort benutzt?

Ich weiß ja selbst nicht einmal, was es heißen soll; nur India weiß es.

Wenn ich India davon erzählen würde, und das werde ich nie tun, würde sie »A Fool Such as I« singen, und damit läge sie genau richtig.

Ich wollte ganz schnell von diesem Fluss abhauen. Ich wollte weg von Skye, Skye und ihren Fragen.

Andererseits wollte ich nicht, dass Skye sieht, wie peinlich mir das Ganze war. Sie hält mich sowieso schon für blöde genug.

Aber als sie sagte, dass sie es gerne einmal mit mir machen würde (siehst du, Tagebuch, jetzt habe ich es hingeschrieben), antwortete ich, dass das toll wäre, und dann stand ich auf und ließ sie einfach da sitzen.

Ich habe zwei Tage lang gewartet, bis ich die letzten Zeilen noch mal gelesen habe.

Glücklicherweise war gerade Wochenende. Ich habe den Rasen zweimal gemäht. Ich habe sogar ein bisschen Mathe gemacht, obwohl das mit den Schularbeiten ja keine Rolle mehr spielt, da ich in ein paar Wochen sowieso von der Bildfläche verschwunden sein werde.

Ich habe sogar zweimal mit India am Computer gespielt, obwohl ich Computerspiele noch mehr hasse als mich selbst.

Aber damit konnte ich die Zeit totschlagen. Einer meiner Fische ist gestorben. Das war nicht weiter tragisch. Es war sowieso der langweiligste von ihnen.

Ich habe seinen Namen vergessen.

Ich habe die letzten Zeilen noch einmal gelesen. Ich weiß nicht, wie ich jetzt wieder zum Fluss gehen kann. Ich will das, was Skye will, nicht tun, und selbst wenn ich es wollte, wüsste ich nicht, wie es geht. Und so wie ich mich kenne, würde ich es falsch machen, und außerdem, was soll das alles, wo ich ja sowieso bald weg bin?

Was für Komplikationen.

Und das Letzte, was ich brauchen kann, sind Komplikationen.

Aber sie kann das sowieso nicht ernst gemeint haben. Wenn sie mit ihrem Freund Schluss gemacht hat, weil er mit ihr schlafen wollte, dann wird sie das ja wohl kaum mit mir tun wollen, auf gar keinen Fall. Ich mit meinen Pickeln und meinen Ohren und meinem Mangel an Persönlichkeit. Von dem ich zwar vorher schon wusste, aber den sie noch verstärkt hat. Oder heißt es bestärkt? Eigentlich ist mir das völlig egal.

Ich schätze, irgendwie wäre es gar nicht schlecht, wenn ich mich umbringen würde, nachdem ich es getan habe. Aber das ist unverantwortlich und ein bisschen Moral besitze ich auch noch. Außerdem interessiert es mich auch gar nicht.

Ich frage mich, wo die Leute wohl lernen, wie man es macht?

Na ja, ich werde es nicht lernen.

Jenny hat uns mal wieder nach unseren Tagebüchern gefragt. Jeremy meldete sich und versuchte von Tansy zu erzählen, aber Jenny stopfte ihm den Mund. Dabei würde ich diesem Idioten am liebsten sagen, dass Skye mich gefragt hat, ob ich mit ihr schlafen will. Aber das geht natürlich nicht. Er würde nur lachen und mir kein einziges Wort glauben.

Aber, mein Tagebuch, du und ich, wir wissen, dass es so war.

Vierzehn Tage noch bis zu Indias Geburtstag.

Sechzehn Tage noch, bis ich *es machen werde*.

Frei sein.

Frei von allem.

Ich bin nicht zum Fluss runtergegangen.

Beim Abendessen heute stocherte ich in irgendeiner komischen Nudelsorte herum. So muschelförmige Dinger. Überhaupt nicht lecker. Mum und Dad waren heute Abend zur Abwechslung mal ziemlich nett, aber das ist mir egal. Ich habe es zu oft anders erlebt.

Familien. Wozu braucht man die schon. Ich wünschte, wir könnten einfach ausschlüpfen wie die Hühner und uns um unseren eigenen Kram kümmern. Irgendjemand hat da etwas falsch gemacht mit den Familien.

Noch sechzehn Tage.

Vielleicht mache ich das mit der Rasierklinge mal wieder. Zur Abwechslung. Aber ich werde *nicht* zum Fluss gehen.

Sie war heute nicht am Fluss.

Die Enten schon. Die werden mir fehlen.

Ich habe die blauen Wildlederschuhe abgeholt und in meinem Zimmer versteckt.

Die Blumensamen habe ich auch besorgt. Die Packung ist schön bunt. Die werden India gefallen. Ein paar Blüten von ihrem Baum des Lebens.

Ich habe noch mal die Zeit für die Strecke gestoppt. Vierzehn Minuten.

Ich habe wieder zwei Pillen genommen. Das ist genau richtig. Alles ist bereit.

Jetzt habe ich neun Pickel, aber wen kümmert das schon. Nach dem letzten Mal, als sie nicht da war, bin ich nicht mehr zum Fluss gegangen. Ich habe daran gedacht, aber es nicht getan. Im Gegensatz zu der anderen Sache. Da habe ich viel drüber nachgedacht und ich *werde* es tun.

Dann wird man sich an mich erinnern, wie an Kurt.

Sie werden über mich reden.

Ich werde eine Rolle spielen.

Wie Skyes Körper wohl eigentlich aussieht? Es interessiert mich nicht sehr, nur ein bisschen.

Ich habe heute die Schule geschwänzt, aber bin nicht runter zum Fluss. Stattdessen bin ich zu der Brücke gegangen. Zu meiner Brücke. Zu der besonderen Brücke.

Diesmal habe ich sechzehn Minuten gebraucht, um hinzukommen. Vielleicht lag das an diesen beiden Tabletten, die ich gestern Abend genommen habe. Das musste ich. Ich konnte einfach nicht aufhören, an Skye zu denken, und an das, was sie von mir wollte.

Ich starrte ins Wasser. Stundenlang, so kam es mir vor. Es

starrte irgendwie zurück. Ich weiß, dass das Wasser wartet. Nur auf mich.

Später habe ich mir dann eine Pastete gekauft. Komisch, wie oft ich vergesse, etwas zu essen. Die Pastete war lauwarm, teigig und fett.

Wahrscheinlich genauso wie der Körper von Jeremys Freundin. Tansy. Wie mich der Name schon ankotzt!

India hat heute ein Huhn mit nach Hause gebracht.

Es saß auf dem Küchentisch, als ich von meiner Brücke zurückkam, und India fütterte es mit irgendetwas. Ich sagte, dass Mum und Dad ausflippen werden, und sie erwiderte nur, dass das ja nichts Neues wäre. Darauf konnte ich nichts mehr antworten. Aber ich habe ja sowieso nur noch eine Antwort übrig, und ich bin der Einzige, der sie kennt.

Nur ich und mein Tagebuch.

Sie sagte, dass sie das Huhn von einer Freundin geschenkt bekommen hat. Anscheinend haben die Eltern von dieser Freundin zwanzig Hühner in einem Gehege in ihrem Garten gehabt. Ein Nachbar hatte sich wegen des Gestankes beschwert. Da das Mädchen die Hühner sehr gerne mochte, lud sie alle Kids ein, vorbeizukommen und ein paar mitzunehmen, bevor es die Behörden tun würden.

Und deshalb hat India eins genommen. Natürlich.

Sie hat es Alaska genannt.

Ich möchte lieber nicht dran denken, wo sie es halten wird.

Ich werde noch einmal die Zeit stoppen, die ich bis zur Brücke brauche. Nur noch zwölf Tage. Nein, elf. Ich bin mir nicht sicher.

Viele sind es nicht mehr, dass weiß ich ganz genau.

Kurt hat einen Abschiedsbrief hinterlassen. Darin hat er ein paar ganz seltsame Sachen geschrieben. »Ich habe
schon seit zu vielen Jahren keine Span-
nung mehr verspürt … ich bin zu sensibel … ich danke euch
allen aus der Tiefe meines brennenden, sich ekelnden Ma-
gens … es ist besser zu verbrennen als zu verblassen …«
Ich werde keinen hinterlassen. Was sollte ich schon sagen?
Ich weiß nicht, warum ich es tun muss, also was sollte ich
schreiben?
Ich habe auf jeden Fall nicht vor, mich bei jemandem zu be-
danken oder zu entschuldigen.

Ich war mal wieder am Fluss.
Es ist nicht mehr lange hin. Da dachte
ich mir, dass ich mal nach den Enten
sehen könnte.
Skye war da.
Sie fragte nicht, ob ich es mit ihr mache; sie rauchte nur
und sah mich irgendwie seltsam an. Sie fragte nach India.
Ich erzählte ihr von dem Huhn.
Das Huhn ist ziemlich nett für ein Huhn, aber ich kenne
mich mit Hühnern auch überhaupt nicht aus. Vielleicht
sind sie ja alle nett?

Skye sagte, dass sie einen neuen BH anhätte, und fragte mich, ob ich ihn gerne sehen würde. Ich sagte Ja. Da zog sie ihren Pullover hoch und ich sah mir den BH an. Ich glaube, er war irgendwie rosa, mit Spitze dran. Mir wurde plötzlich total heiß, und ich hoffte, dass sie mir nicht noch mehr solche Fragen stellen würde. Das tat sie auch nicht. Sie wollte noch mehr über das Huhn wissen.

India meint, dass das Huhn Küken bekommen wird, aber ich bin irgendwie der Meinung, dass man dafür einen Hahn braucht, vielleicht aber auch nicht. India meinte, sie würde das schon herausbekommen, und wie ich India kenne, wird sie das auch. Das habe ich Skye erzählt.

Skye sagte, dass Hühner ohne einen Hahn Eier legen können, aber damit daraus Küken werden, bräuchte man einen Hahn. Sie meinte, ich wäre dumm, weil ich das nicht weiß. Ich bin nur gut in Schularbeiten. Obwohl ich jetzt keine mehr mache – das brauche ich ja nicht. Sinnlos.

Ihr BH war hübsch, und ich hätte ihn mir gerne noch einmal angesehen, aber was soll's.

Was soll überhaupt irgendetwas? Jeremy hat heute etwas gesagt. Nein, das hat er nicht. Ich war ja nicht da.

Tagebuch, du bringst mich durcheinander.

Ich scheine Ärger zu kriegen. Jenny meint, dass ich großen Ärger kriegen werde, aber ich weiß es besser. Großer

Ärger wäre es nur, wenn ich meinen Plan nach Indias Geburtstag nicht durchführen könnte. In der Schülerliste haben sie ein »U«, wie »unentschuldigtes Fehlen«, hinter meinen Namen gesetzt. Anscheinend habe ich doch zu viele Tage gefehlt (deren Meinung nach, mir ist es völlig egal).

Jenny fing mich nach dem Unterricht ab und fragte mich, warum ich so oft die Schule geschwänzt habe. Na ja, Tagebuch, was sollte ich da schon erwidern? Sollte ich sagen, dass ich bald das Leben schwänzen würde und mir Schule deshalb nichts mehr bedeutet? Oder sollte ich sagen, dass ich Skyes BH gerne noch öfter sehen möchte (was nicht stimmt)? Deshalb erzählte ich, dass ich krank gewesen sei, aber Mum und Dad davon nichts sagen wollte und einfach zu Hause geblieben bin, beziehungsweise so getan habe, als würde ich zur Schule gehen, um wieder zurückzukehren, wenn sie zur Arbeit gegangen waren.

Lügen, Lügen. Nichts als Lügen.

Jenny glaubte mir kein einziges Wort. Sie blickte mich bloß an, schüttelte den Kopf und sagte, dass ich wieder zum Schulpsychologen gehen sollte. *Sicher, warum nicht? Wie wäre es in vierzehn Tagen?* Nur du und ich wissen, Tagebuch, dass ich in vierzehn Tagen nicht mehr auf diesem miesen Planeten sein werde.

Shoovy Jed fehlt unentschuldigt im Leben.

Die gute alte Jenny hat Mum wieder benachrichtigt. Deshalb stritten sich Mum und Dad beim Abendessen darüber, wer an meiner Schulschwänzerei schuld ist. Diesmal hat Jenny an Mum geschrieben. Ich interessiere mich nicht für die Post (wer sollte mir denn auch schon schreiben?), darum war mir der Brief nicht aufgefallen.

Mum las ihn mir vor. India streichelte ihr Huhn und als ihr klar wurde, um was es ging, begann sie »Return to Sender« zu singen. Mum und Dad ignorierten diese Darbietung und stritten sich weiter darüber, wie unmöglich Dad sei – wie unmöglich Mum sei – usw. usw. usw. Ätzend, *ätzend*.

Jetzt, wo es dem Ende zugeht, merke ich, wie ich in mancher Hinsicht auseinander zu fallen beginne. Wenn ich das Zeug, das ich so geschrieben habe, noch einmal lese, dann bin ich mir sicher, dass ich auseinander falle. Und je eher ich aus diesem Leben raus bin, desto besser.

Aber andererseits falle ich auch zusammen, denn es ist mir jetzt egal, ob sich Mum und Dad streiten. Es ist mir egal, wie sinnlos die Schule ist. Es ist mir egal, ob ich Skyes BH jemals wieder sehen werde. Es ist mir egal, ob Jeremy heute etwas gesagt hat oder nicht. Das Huhn ist mir egal.

Wie auch immer, ich falle!

Bald!

India ist völlig aufgeregt wegen ihres Geburtstages. Sie erzählt Alaska die ganze Zeit davon, aber Alaska scheint sich nicht sehr dafür zu interessieren.

Mum besorgt die Eistorte, auf der ELVIS LEBT steht. Ich musste sie natürlich daran erinnern. Sie wollte gerade wieder einen Streit mit Dad anfangen, oder er mit ihr – was macht das für einen Unterschied! Aber ich riss mich zusammen und unterbrach sie wegen der Torte.

Ich habe das mit der Rasierklinge wieder getan und es war gar keine große Sache. Wirklich einfach. Langweilig. Das werde ich nicht mehr machen.

Noch ein Fisch ist gestorben.
Testfleisch. Fischfilet.
Ich habe Dinge gesehen.
Ich habe Dinge im Rückspiegel gesehen.
Vielleicht haben mich die Dinge, die ich sah,
Besonders einsichtig gemacht.
Besonders einsichtig!
Einsichtig!!!!
Elvis lebt. Ich bald nicht mehr.
Müde jetzt, mein Gehirn untertourt.
Unter Wasser.

Ich musste heute wieder zur Schule gehen, damit Jenny Mum und Dad nicht noch dazu bringt, sich in den Rest meines Lebens einzumischen.

Ich habe heute etwas in der Zeitung gelesen – ich lese die Zeitung meistens nicht, weil da hauptsächlich schlimme Sachen drinstehen, so schlimm wie ich und mein Leben. Aber aus irgendeinem shoovy Grund (Weshalb schreibe ich denn SHOOVY? Aber ich habe kein Tipp-Ex mehr, und warum sollte ich noch welches kaufen? Deshalb kann ich es nicht auslöschen, nicht wahr, Tagebuch?), na ja, aus irgendeinem shoovy Grund habe ich heute die Zeitung gelesen. In San Francisco irgendwo in den USA gibt es wohl eine Brücke, die Golden Gate oder so heißt, vielleicht auch nur Golden Bridge. Es ist wirklich eine goldene Brücke, denn der letzte Mensch, der dort hinuntergesprungen ist, war schon der eintausendste!

Das ist ein bisschen viel.

Ich möchte nicht gerne daran denken, dass es in diesem Land tausend Menschen gibt, die genauso depressiv und lebensmüde sind wie ich.

Ich möchte gerne glauben, dass ich – na ja – ich bin. Ich.

Und India, die darüber hinwegkommen wird.

Und Mum und Dad, denen es egal ist.

Es ist nicht mehr lange hin. Ich weiß nicht genau, wie ich die letzten Tage verbringen soll. Vielleicht werde ich wieder zum Fluss gehen. Vielleicht.

Ich bin hingegangen.

Die Enten waren da. Skye auch. Es gibt so vieles von Skye, das ich nicht weiß.

Und jetzt habe ich keine Zeit mehr, es herauszufinden. Ist ja egal.

Die Fragen strömten mir durch meinen wässerigen Kopf. Enten, Fluss, Wasser, Brücke, Wasser.

Aber sie würde sowieso nur lügen, das weiß ich. Und warum auch nicht? Lügen sorgen dafür, dass die Leute nicht die Wahrheit erfahren, denn die Wahrheit kann verletzen. Verletzen ist nur dann gut, wenn man sich selbst wehtut.

Skye.

Ich wollte ihr erzählen, dass ich nur noch acht oder neun Tage habe. Aber natürlich war ich zu feige.

Anscheinend bist du die *einzige Person*, mit der ich darüber reden kann, Tagebuch.

Blaue Wildlederschuhe. Blumensamen. Alaska.

Ich schiebe es vor mir her, Tagebuch.

Ich werde morgen darüber schreiben.

Jetzt ist morgen.

Also, Tagebuch, jetzt kommt's.

Gestern. Gestern. Wasser, Enten. Skye.

Na ja, jetzt ist heute. Das Leben ist ein Durcheinander von Schrecken, und deshalb muss ich damit Schluss machen.

Gestern. Ja. Gestern. Das sieht gut aus, wenn ich es hinschreibe. Ja. Gestern.

Skye wollte es mit mir machen und ich habe es versucht. Das habe ich. Ich habe mich irgendwo im Reißverschluss verklemmt. Es hat nicht sehr wehgetan. Ich habe Skyes BH etwas zerrissen, aber das war nur, weil ich es falsch gemacht habe. Woher soll man schon wissen, wie diese BH-Dinger funktionieren?

Aber ich wollte ihn ihr sowieso nicht wirklich ausziehen. Ich musste an zu viel anderes denken. Deshalb behielt sie den zerrissenen BH an und ich habe versagt. Ich musste meine Jeans später auswaschen, weil Mum sonst vielleicht – hey, das ist ja verrückt, das kann ich dir sagen, Tagebuch. Ich werde ja nicht mehr hier sein. Also was soll's?

Mir war heiß. Dumm, nutzlos, heiß.

Ein weiterer Tag.

Viele sind es nicht mehr. Morgen, morgen, ich werde India morgen lieben – nein, ewig.

Es ist gut, dass die Welt einen absoluten Versager loswird. Bald. Das ist gut.

Wie auch immer, Tagebuch, ich wünschte mir, irgendjemand hätte mal mit mir darüber gesprochen, wie man es macht. Ich hätte es auch richtig machen können, schätze ich, wer weiß?

Ist ja egal.

Was für ein Mist. Ich habe mich heute, nach dieser Sache mit Skye, nicht zum Fluss getraut. Jetzt weiß sie, dass ich ein Idiot bin. Was für ein Versager.

Deshalb ging ich zur Schule. Ich habe jetzt zwei Geheimnisse: die Brücke und die Sache mit Skye.

Karl hat mit mir geschimpft, weil ich seit Tagen keine Mathe-Hausaufgaben mehr gemacht habe. Ich hörte ihm einfach zu, wie er vor sich hin meckerte. Ich meine, es hat doch jetzt keinen Zweck mehr, wenn ich noch Hausaufgaben mache. Ich kann spüren, wie mich eine finstere Stimmung überfällt, aber ich will mich jetzt nicht verfinstern, weil Indias Geburtstag vor der Tür steht. Noch sechs Tage; noch sechs Tage muss ich aushalten.

Mein letzter Fisch ist abgekratzt. Das ist auch besser so. Ich habe wohl das Wasser nicht mehr sehr oft gewechselt. Eigentlich merkwürdig. Ich mochte sie so gerne und jetzt sind sie mir völlig egal. Es war überhaupt kein Problem, ihn im Klo runterzuspülen. Das kostete mich keine Tränen.

India meinte, ich hätte ihn Alaska geben sollen, aber ich glaube nicht, dass Hühner Fisch essen, und ich habe jetzt keine Lust, es herauszufinden. India hat eine Duschhaube bemalt, die sie tragen will, falls es an ihrem Geburtstag regnet. Ihren Sommerhut hat sie auch angemalt. Den will sie bei schönem Wetter tragen.

Sie hat sich ihre Jeans über und über mit Filzblumen benäht und ihren BH hat sie rot gefärbt. Den will sie über dem T-Shirt anziehen. Oh, India.

Ich werde dich vermissen. Aber das werde ich nicht mehr merken. Ich werde dann überhaupt nichts mehr vermissen. Diese Sache mit Skye war *schrecklich*.

Aber ich will sie noch einmal sehen, bevor ich es mache. Die Sache mit der Brücke. Die andere Sache werde ich ganz bestimmt nicht noch einmal versuchen.

India hat mich heute eine Weile lang aufgeheitert. Sie hat mir erzählt, dass der BH-Schnipser im Bus wieder zugeschlagen hat und sie ihn daraufhin mit einer Ladung Pfeffer voll im Gesicht erwischt hat. Dann sagte sie ihm, dass er abhauen und eine Mine umarmen soll. Warum fallen mir nie so schlaue Sachen ein, die ich zu Jeremy sagen könnte, wenn er mir auf die Nerven geht, Tagebuch? Weil ich ein hoffnungsloser Fall bin, deshalb.

Einmal hat India zu einem Idioten gesagt, er soll sich mitten auf die Straße stellen, wenn die Ampel grün ist.

Indias Leben wird *nie* langweilig werden, dafür wird sie schon sorgen.

Ich bin heute zum Fluss gegangen, aber Skye war nicht da. Das kann ich ihr nicht verübeln. Nach allem, was vorgefallen ist, muss sie mich ja hassen, auch wenn es ihre Idee gewesen war.

Ich werde es morgen noch einmal am Fluss versuchen. Ich muss mich verabschieden. Ich werde ihr erzählen, dass wir in einen anderen Bundesstaat ziehen.

Nur noch zwei Tage bis zu Indias Geburtstag.

Ich habe noch einmal die Zeit bis zur Brücke gestoppt. Perfekt.

Heute war mein letzter Schultag, FÜR IMMER. Morgen werde ich schwänzen. Morgen muss ich über anderes nachdenken. Dieser Song, in dem es heißt, dass man den morgigen Tag liebt, weil er nur einen Tag weit weg ist. Das ist ja so ein blöder Song. Er ist so platt. Nicht so wie die Songs von Kurt. Über deren Bedeutung muss man wirklich nachdenken. Sie können alles bedeuten, sie können aber auch gar nichts bedeuten.

Ich habe Jenny heute lange und intensiv angestarrt. Sie ist das Einzige, was ich an der Schule vermissen werde. Und Karl, ein bisschen.

Jeremy und die ganzen anderen Idioten werden mir bestimmt nicht fehlen.

India ist ganz aufgeregt, weil sie ein Teenager wird. Sie spielt immer wieder ihre Elvis-Songs, so laut es geht, ohne dass Dad ausflippt. Mum und Dad reden überhaupt nicht mehr miteinander. Aber das macht mir ja nichts mehr aus. Bei den Mahlzeiten ist es seltsam. »Jed, sag deinem Vater, dass er abwaschen soll.« Dann: »Jed, sag deiner Mutter, dass ich nicht abwaschen werde.« Solch dummes Zeug halt. Wen kümmert das schon.

Ich werde heute Abend zur Übung zwei Pillen nehmen.

Ich bin heute zum letzten Mal zum Fluss gegangen.

Skye war da, rauchte vor sich hin und starrte ins Leere. Sie schien nicht gerade erfreut zu sein, mich zu sehen. Das konnte ich ihr nicht verübeln nach dem, was beim letzten Mal passiert war, oder besser gesagt nicht passiert war.

Ich wollte ihr wirklich unbedingt von meinem Plan erzählen. Aber das konnte ich natürlich nicht. Sie hätte es mit Sicherheit jemandem verraten. Oder vielleicht auch nicht. Vielleicht wäre es ihr ja am liebsten, wenn ich tot bin.

Sie meinte, dass ich ihr einen neuen BH schulden würde. Das nenne ich romantisch!

Ich sagte ihr, dass ich ihr einen kaufen würde. Was für eine

Lüge. Erst mal, wie könnte ich denn je in einen Laden gehen und einen BH verlangen? Und selbst wenn ich das tun würde, woher sollte ich ihre Größe wissen? Wie auch immer, ich werde Skye sowieso nicht wieder sehen.

Ich habe ihr gesagt, dass ich nie wieder zur Schule gehen werde. Ich habe ihr natürlich nicht erzählt warum. Sie sagte, dass das eine gute Idee sei. Sie hätte auch schon daran gedacht.

Dann fing sie an, lang und breit davon zu erzählen, dass sie in der Schule sowieso nichts Richtiges lernen würde. Sie hasste Computer und wollte lieber nützliche Dinge lernen, wie man zum Beispiel ihren CD-Spieler repariert oder wie man Klempnerarbeiten macht, weil Klempner mehr verdienen als Ärzte. Außerdem wollte sie gerne kochen lernen, weil ihre Mum immer nur was von unterwegs mitbrachte, und sie wollte wissen, wie man Sachen näht und wie man richtig miteinander schläft. Ich merkte, wie meine Ohren zu glühen begannen, als sie das Letzte sagte, aber sie sah mich nicht an und schlug auch nicht vor, dass wir es noch einmal versuchen sollten.

Über das, wovon sie sprach, hatte ich noch nie nachgedacht, mein Plan hatte meine ganze Zeit in Anspruch genommen, und um ehrlich zu sein, interessierten mich ihre Gedanken auch nicht besonders.

Ich interessiere mich nur noch für morgen (Indias Geburtstag) und den Tag danach (MEINEN wichtigen Tag!!!)

Ich kann nicht aufhören, daran zu denken. Wie wird es sein???? Ich wette, es ist alles schwarz, shoovy schwarz, für immer, für ewig, was auch immer, wie auch immer.

Komisch, ich würde gerne darüber schreiben, wie es ist. Aber natürlich kann ich das nicht. Tote Menschen schreiben nicht.

Vielleicht gibt es ja einen Himmel?

Nein, natürlich nicht. Nur das Nichts. Für immer und ewig.

Mum und Dad reden immer noch nicht wieder miteinander.

Aber mir ist das egal. Sie werden schon bald jede Menge Gesprächsstoff haben! Ich kann mir schon lebhaft vorstellen, wie sie sich gegenseitig Vorwürfe machen werden.

Ich wünschte mir fast, dass ich dabei sein und sie hören könnte. Fast.

Wie auch immer, ich sah Skye noch einmal lange an, wie sie da so saß und von der idealen Ausbildung sprach, die sie gerne haben würde.

Als ich sagte, dass ich gehen muss, blickte sie mich bloß an und sagte »Bis dann«, und ich log und erwiderte: »Bis dann.« Ich ließ sie da sitzen und sich weiter zu Tode rauchen. Was für eine Art zu sterben.

**Ich kann es nicht abwarten, weg zu sein.
Dunkelheit, Plätschern, Vergessen.**

Was für ein Geburtstag.

India war begeistert. Sie sang »The Wonder of You«, während sie in einen

Spiegel blickte, den sie in der Hand hielt. (Sie hatte sich ihre Fingernägel lila lackiert, mit weißen Punkten drauf. Wie sie das gemacht hat, werde ich nie erfahren.)

Einen Augenblick lang dachte ich, dass sie diesen Elvis-Song für *mich* singen würde. Dann hätte ich mir das mit meinem Plan für morgen noch einmal überlegt.

Aber so wie India nun einmal ist, sang sie »The Wonder of You« für sich selbst.

Das ist einfach SUPER. Sie braucht mich überhaupt nicht. Also muss ich mir wegen ihr keine Gedanken machen. Komisch, wie ich die ganze Zeit daran denken muss, dass mich niemand braucht. Komisch. Obwohl ich gar nicht will, dass mich jemand braucht oder mag.

Überhaupt nicht, Tagebuch.

Der Geburtstag. India kriegte ihre Eistorte. Mum sagte, India, gib deinem Vater ein Stück. Dad erwiderte India, sag deiner Mum, dass ich ein kleines Stück möchte. Mum sagte, Jed, gib deinem Vater ein kleines Stück. Und Dad sagte, India, sag deiner Mutter danke für das kleine Stück.

Unser Familienleben. Super!!!

(Mein Lehrer wäre von der Zeichensetzung nicht gerade begeistert. Aber wen kümmert das schon!)

Wir sangen »Happy Birthday, India«. Es regnete und India trug ihre bemalte Duschhaube.

Ich sagte India, dass man im Haus sowieso nichts auf dem Kopf haben muss, aber sie schrie »Müssen! Na und! Ich habe heute Geburtstag!! Ich kann machen, WAS ICH WILL!«

(Siehst du, Lehrer, jetzt habe ich es richtig gemacht.)

Genauso wie ich morgen alles richtig machen werde.
Oder vielleicht erst übermorgen. Warum nicht?

DIE WELT SCHREIT SPRING!
ABER ICH WÄHLE DEN ZEITPUNKT.

Na ja, heute wollte ich es eigentlich machen, aber ich bin froh, dass ich es verschoben habe. Noch mehr von Indias Geburtstag, Tagebuch.

Ich habe gestern Abend zwei Pillen genommen und bin deshalb eingeschlafen, bevor ich von dem Geburtstag zu Ende berichten konnte.

Man konnte es eigentlich gar nicht als Party bezeichnen. Es war reiner Teen Spirit.

India hat sich köstlich amüsiert. Sie ist wirklich aufgeflippt. Sie sang Elvis-Songs, aß fünf Stück von ihrer Torte und tanzte (alleine) herum, wobei sie nach jeder schnellen Drehung ELVIS LEBT! rief.

Ihre Jeans waren unglaublich. Eine Menge von den Blumen fielen ab, und sie hob sie auf, machte sich daraus einen kleinen Strauß und tanzte mit ihnen.

Die blauen Wildlederschuhe gefielen ihr riesig. Sie tanzte eine Weile lang in ihnen, bis sie Blasen bekam. Dann tanzte sie barfuß weiter.

Ich glaube, die Blumensamen mochte sie auch. Ich bin mir aber nicht ganz sicher, denn sie aß ein paar und sagte, dass jetzt immer Blumen in ihr wachsen würden, was ich eigentlich nicht beabsichtigt hatte.

Mum und Dad sahen bloß zu. Schweigend.

Aber India hat sich königlich amüsiert.

Und das war die Hauptsache an ihrem Geburtstag.

India ist glücklich. Ich bin finster.

Ich werde es morgen machen.

HEUTE IST DER TAG, Tagebuch.

Mum und Dad sind bei der Arbeit. India ist in der Schule. Ich habe so getan, als würde ich auch zur Schule gehen und bin dann wieder umgekehrt.

Jetzt.

Es ist siebenundzwanzig Minuten vor Elf. Siebenundzwanzig. Eine gute Zahl. In ein paar Minuten werde ich die Pillen nehmen.

Nach zwanzig Minuten werde ich mich dann auf mein Bett legen und genau siebenundzwanzig Minuten lang tief durchatmen. Danach werde ich mein Zimmer aufräumen, und ich weiß (weil ich alles so wunderbar geprobt habe), dass ich dabei ein bisschen müde werde.

Dann werde ich warten, bis ich noch müder bin.

Anschließend werde ich schnell zur Brücke laufen.

Vierzehn Minuten. Höchstens fünfzehn.

Dann werde ich springen.

Ich glaube, ich werde jetzt gehen. Ja, jetzt.

ICH HABE DEN ZEITPUNKT AUSGEWÄHLT!

LEB WOHL, TAGEBUCH!!!!! LEB WOHL.

Epilog

Jed Barnes sprang Anfang April von seiner Brücke. Er liegt jetzt in der Abteilung für Wirbelsäulenverletzungen im St. Mary's Krankenhaus.

Jed ist vom Hals an abwärts querschnittsgelähmt. Er kann nicht sprechen. Die Ärzte sagen, dass das an einem nervösen Schock liegt. Sie meinen, es bestünde die Chance, dass er eines Tages wieder sprechen kann, aber er wird wahrscheinlich für immer gelähmt bleiben.

India hat sein Tagebuch gefunden und es gelesen.

Sie besucht ihn jeden Tag. Sie weint viel, aber sie hat gelernt, sich vor Jed nicht gehen zu lassen. Sie sammelt so viele Witze wie möglich, um sie ihm zu erzählen.

Skye hat ihn auch ein paarmal besucht.

Jenny und Karl kommen ziemlich oft. Sie meinen, dass ihm ihre Besuche Freude machen, aber woher sollen sie das wissen, da er ja nicht sprechen kann? Er lächelt nie, nicht einmal bei Indias Witzen.

Jeds Eltern kommen ihn jeden Tag besuchen und geben sich selbst die Schuld. Jenny macht sich Vorwürfe, weil sie Jeds Zustand nicht erkannt hat, weil sie sich nicht mehr um die psychologische Beratung gekümmert hat. Karl sagt ihr, dass sie das nicht tun soll: Sie trage nicht die Verantwortung für jeden ihrer Schüler. India gibt Jed die Schuld. Manchmal hasst sie ihn beinahe. Sie hasst die Tatsache, dass ihr shoovy Bruder vielleicht nie wieder nach Hause kommen wird. Aber India versucht ihr Leben weiter zu leben.

Jed, Jed, sagt sie. Warum hast du denn nicht die Blüten gepflückt, so wie ich es dir gesagt habe? Stattdessen hast du dir einen verfaulten Apfel ausgesucht. Du hast die Blüten nicht gesehen.

Vielleicht erkennst du sie eines Tages ja noch.

Wenn du Freunde hast, die Hilfe brauchen, oder wenn du nach dem Lesen diese Buches mit jemandem über deine Gedanken und Gefühle sprechen möchtest, dich aber niemandem aus deiner unmittelbaren Umgebung anvertrauen möchtest, dann kannst du folgende Telefonnummern kostenfrei anrufen:

Deutschland:
»Die Nummer gegen Kummer« der Bundesarbeitsgemeinschaft Kinder- und Jugendtelefon: 0800-111-0333
(Mo–Fr 15h–19h)

Schweiz:
Telefonhilfe für Kinder und Jugendliche: 147

Österreich:
Telefonseelsorge der Kinder- und Jugendanwaltschaft:
1708

Dort wird man dir zuhören und dir Menschen in deiner Nähe nennen, die dir bei deinen Problemen weiterhelfen können.